Tüm BDSM

İtaatkar Kadın Şef Üçlemesi

Erika Sanders

Tüm BDSM
İtaatkar Kadın Şef Üçlemesi

Erica Sanders

Tüm BDSM

Özet

Aşağıdaki romanlardan oluşur:

Tüm BDSM, güçlü erotik BDSM içeriğine sahip bir roman ve yine yüksek romantik ve erotik BDSM içeriğine sahip bir roman serisi olan **Hakimiyet ve Erotik Boyun Eğme'dan yeni bir roman.**

(Tüm karakterler 18 yaşında veya daha büyüktür)

Yazara not:

Erika Sanders, yirmiden fazla dile çevrilmiş ve alışılagelmiş nesirinden uzak, en erotik yazılarına kızlık soyadıyla imza atan uluslararası üne sahip bir yazardır.

dizin

TÜM BDSM
İTAATKAR KADIN ŞEF ÜÇLEMESİ
ERIKA SANDERS

İTAATKAR KADIN ŞEF

KARŞILIKLI RIZA

BÖLÜM 1

Mektup bir nimetti.

Gözyaşlarını güçlükle tutabildi.

Cristina aşçılık eğitimini yeni bitirmişti ve yeni catering işi zorlu bir başlangıç yapmıştı.

Küçük dairesinde durup el yazısı mektubun her kelimesini gözden geçirdi.

Sevgili Cristina,

Umarım bu mektup sana ulaşır. Affedin ama e-posta kullanmıyorum. Ve genel olarak telefon görüşmelerinden hoşlanmam. modam geçti.

Ben annenin bir tanıdığıyım. Birkaç hafta önce ortak bir arkadaşın partisinde kısa bir süre tanıştık. Annen gelişigüzel bir şekilde yemek işine birkaç kez değindi. Bunu düşündüm ve kulağa ilginç geliyor. Daha önce hiç catering firması tutmadım.

Yeni bir müşteriyle ilgileniyorsanız, benimle iletişime geçin ve belki bir anlaşmaya varabiliriz. Ben berbat bir aşçıyım. Ve senin çok iyi olduğunu duydum.

En iyi dileklerimle ve işinizde iyi şanslar,

paul

Sonunda, diye düşündü. İyi şanslar yoluna girmeye başlıyordu.

BÖLÜM 2

Bir hafta sonra.

Cristina yıpranmış eski arabasıyla zengin mahallesinden geçiyordu.

Açıkça dikkatleri üzerine çekiyordu ama umurunda değildi.

Muhtemel bir iş için bu mahallede olmaktan mutluydum.

Kendisine söylenen adresin girişine park etti.

Paul'ün neye benzediği hakkında hiçbir fikrim yoktu.

Tek gerçek etkileşimleri, toplantıyı ayarlamak için kısa bir telefon görüşmesiydi.

Christina kapıyı çaldı.

Yaşlı siyahi bir kadın cevap verdi.

Kadın hizmetçi kıyafeti giymişti.

Birbirlerine baktıklarında kadın garip bir şekilde sessiz kaldı.

Merhaba, dedi Cristina beceriksizce. "Paul'u görmeye geldim."

Yaşlı siyah kadın başını salladı.

"Buraya gel."

Cristina içeri girdi ve hizmetçi kapıyı kapattı.

Hizmetçi onu oldukça büyük bir evin merdivenlerinden yukarı çıkardı.

Cristina kıskançlık dolu gözlerle etrafına baktı.

Her şey eski, karanlık ve rustikdi.

Her yerde antikalar vardı.

Duvarlarda klasik tablolar sergilendi.

Bir koridora geldiler ve önce kapıyı çalan hizmetçi kapıyı açtı.

Cristina girdi, sonra hizmetçi gitti.

Bir ofis odasıydı.

Paul masasının arkasında oturmuş çalışıyordu.

40'lı yaşlarında yakışıklı bir adamdı.

Yüzünde okunması imkansız taş gibi bir ifade vardı.

Yüzü poker için mükemmeldi.

Yüzü ifadesiz kaldı.

"Lütfen oturun" dedi.

Cristina, onun varlığından ve kendi iş deneyimi eksikliğinden korkmuştu.

Daha önce hiç anlaşma yapmamıştı.

Masasına oturdu.

Bu işte yeni olmalısın ," dedi.

"Neden öyle diyorsun?"

"İçeri girdiğinde gerginliğini hissedebiliyordum. Rahatlamaya çalışmalısın. Merak etme, ihtiyacın olan her konuda sana yardım etmek için buradayım."

Garip bir şekilde gülümsedi.

"Bunu aklımda tutacağım."

"Tamam. Şimdi bana catering işinden bahset."

Biraz düşündükten sonra, "Eh, henüz oldukça yeni," dedi. "Senin özel tercihlerine göre yemekler hazırlayabilirim. Bir parti için yiyecek içecek ihtiyacın olursa, ek kişiler tutabilirim . Aşçılık okulundan bir sürü arkadaşım var."

"Buna gerek yok. Yalnız çalışmanı tercih ederim. Bu şekilde daha az sorun olur."

Christina başını salladı.

"Sanırım yalnız yaşıyorsun ve yemeklerini benim hazırlamamı istiyorsun."

"Çok zeki."

"Aklında belirli bir anlaşma var mıydı?"

"Bu değişir," diye yanıtladı Paul. "Meşgul müsün? Meşgul müsün?"

Ona mahcup bir gülümseme sundu.

"Aksine. Sen benim ilk gerçek müşterimsin. Orada burada küçük şeyler yaptım. Özellikle de annemin bana iyilik yapan arkadaşları için."

"Bedava iş tavsiyesi ister misin? Asla bir zayıflığını belli etme. Kulağa hoş gelmiyor."

"Elbette. Hatırlayacağım."

"Bir anlaşmaya gelince," diye yanıtladı Paul. "Bana yemek hazırlar mısın? Öğle ve akşam yemekleri."

"Elbette. Bu sorun olmaz."

"Mükemmel. Yemeklerimin evime tam saat 11:30'da getirilmesini istiyorum. Pazartesiden Cumaya."

"Elbette," diye kabul etti.

"Bu anlaşma en azından önümüzdeki birkaç ay sürecek. İkimizden biri, anlaşmayı herhangi bir zamanda iptal etme seçeneğine sahip. Anlaşıldı mı?"

"Evet anladım."

"Harika."

"Yemek tercihin var mı?" diye sordu. "Özelliklerim arasında Fransız, İtalyan ve Asya'nın farklı tarzları..."

Kafasını salladı.

"Önemli değil. Onu zamanında getir yeter."

"Kuyu."

"Şimdi rakamları tartışalım. Günde 100 dolar sana nasıl geliyor? Adil mi?"

Christina'nın gözleri büyüdü.

İş ve teklif edilen miktar beklediğinden çok daha fazlaydı.

Yüzünde bir yavru köpek ifadesiyle aptalca görünmüş olması gerektiğini fark etti, bu yüzden soğukkanlılığını geri kazandı.

"Kulağa mantıklı geliyor," diye yanıtladı sakince. "Evet, bu iyi."

"Öyleyse kararlaştırıldı. Yarın başlayabilir misin?"

"Sorun değil. Ama önce benim yaptığım yemekleri denemek istemediğine emin misin?"

"Açıkçası yemeğin tadının nasıl olduğu umurumda değil. Aşçılık okuluna gittin. Bu benim için yeterli. Çalışırken yemek konusunda endişelenmek istemiyorum."

Christina başını salladı.

"Tamam. Anladım. Ne yaptığınızı sorabilir miyim? Eviniz çok güzel. Rustik atmosferi seviyorum."

"Hayatımda pek çok şey yaptım. Bugünlerde bir sanat eseri satıcısıyım. Nadir bulunan antikalarla da ilgileniyorum. Şu anda yazıma odaklanıyorum."

"Ne yazarsın?" diye sordu.

"Birkaç anı. Ünlü ya da önemli biri olduğumu iddia etmiyorum. Ama paylaşacak bazı öykülerim var. Bunları kimse duymazsa yazık olur. Ayrıca bazı kurmaca kitaplar üzerinde çalışıyorum."

"Ah, kulağa ilginç geliyor. Belki bir gün onları okuyabilirim. Biyografileri ve anıları okumayı seviyorum."

Paul hafifçe gülümsedi.

"İlgilendiğini sanmıyorum."

"Neden?"

"Bu bir varsayım. Ama kim bilir? Bazen bu konularda yanılıyorum."

Tamam, dedi Cristina beceriksizce başını salladı.

Paul ayağa kalktı ve Cristina'ya doğru yürüdü.

O da anladı ve ayağa kalktı.

Paul ondan neredeyse otuz santim uzundu.

Fiziği, Cristina'nın ince ve minyon vücudunun üzerinde yükseldi.

Elini uzattı ve tokalaştılar.

"Resmi olarak bir anlaşmamız var" dedi. "İlk öğünleri yarın sabah 11:30'da bekliyorum. Geç kalmayın. İtaatsizliğe müsamaha göstermem."

Yuttu.

"Evet efendim."

BÖLÜM 3

Cristina, Paul'le görüşmesinden hâlâ etkilenmişti.

Yatağa uzandı ve tavana baktı.

Teklif gerçek olamayacak kadar iyi görünüyordu.

Neredeyse inanılmazdı.

Ama bunun acımasız bir şaka olduğundan korkuyordu, diye düşündü.

Telefonunu aldı ve annesini aradı.

Annesi aramalarına her zaman birkaç çalışta cevap verirdi.

Telefona cevap verdiğinde, Cristina ona her şeyi açıklamak için hiç vakit kaybetmedi.

Hiçbir detaydan kaçınılmadı.

Cristina, annesine teklifle ilgili her şeyi ve Paul'le tanıştığında hissettiği tüm duyguları anlattı.

"Bu harika," diye yanıtladı annesi.

"Biliyorum. Bu çılgınca, değil mi? Ama senin paran elime geçene kadar bunların hiçbirine inanmayacağım. O zamana kadar en kötüsünü düşünürüm."

"Olumlu düşüncelere odaklan, Cristina. İşlerin sonunda yükseliyor."

"Umarım öyledir. Yani, iki öğün yemek için günde 100 dolar mı? Gelecek hafta beni kovsa bile, o kadar para kazandığım için yine de mutlu olacağım."

"Bunun için endişelenmezdim."

"Ne demek istiyorsun?" diye sordu.

"Görünüşe göre Paul'ün mali durumu iyi."

"Fark ettim. Evi müze gibiydi."

"İşte oldu. Maliyesinin bitmesi konusunda endişelenmenize gerek yok. Onu harika yemekler, harika hizmetle mutlu edin ve geç kalmayın."

"O adam hakkında ne biliyorsun?" Cristina daha ciddi bir tonda sordu. "Biraz tuhaf görünüyor, değil mi?"

Annesi bir an düşündü.

"Bir bakıma. Onunla sadece bir kez bir partide karşılaştım. O çok zeki bir adam. Saçmalık yok. Doğru."

Cristina, "Kesinlikle o," diye şaka yaptı.

"Yine de onu hafife alma. Görünüşe göre hanımlarla arası çok iyi."

"Gerçekten mi?"

"Ben de öyle duydum. Onun karşı konulamaz cazibesinden uzak durduğunuzdan emin olun" diye şaka yaptı.

Cristina, "Çok komik," diye yanıtladı. "Ama kesinlikle benim tipim değil. Çok yaşlı. Ve çok sıkıcı."

"İşinizin harika bir başlangıç yapmasına sevindim."

"Göreceğiz."

Olumlu düşüncelere odaklan, Cristina.

BÖLÜM 4

Haftalar geçti.

Cristina, Paul için çoktan düzinelerce yemek hazırlamıştı.

Ve bu süre zarfında binlerce dolar kazanmıştı.

Günlük rutin hep aynıydı.

Sabah erken kalk.

Aşçı.

Her şeyi dikkatlice kaplara yerleştirin.

Sabah 11:30'dan önce onu Paul'ün evine götür.

Asla geç kalma.

Ve asla itaatsizlik etme.

Bir gün Cristina'dan getirdiği öğle yemeğini mutfaktaki bir tabakta hazırlaması istendi.

O da yaptı.

Paul'ün mutfağında ilk kez bir şeyler yapmıştım.

Yemeğiyle gurur duyuyordu.

Paul ona bu konuda hiç iltifat etmemiş olsa da, Tadının güzel olduğunu biliyordu.

Aşağıya günlük kıyafetlerle indi.

Her zamanki gibi yüzü neredeyse ifadesizdi.

Yemek masasının üzerine serilen yemeklere baktı ve onlar hakkında yorum yapma zahmetine girmedi.

"Artık gitmeli miyim?" Cristina beceriksizce sordu.

"Bir dakika bekleyin. Size sormak istediğim bir şey var."

"Kuyu."

Paul yemek masasında otururken Cristina ayakta kaldı.

"Başka hangi hizmetleri sunuyorsunuz?" diye sordu. "Yemek pişirmenin yanı sıra."

Cristina şaşırdı ve yerini korudu.

Kendini daha fazla ilerlemeye hazırladı.

Cinsel tacize hazırdım.

"Dürüst yemek hizmeti veririm. Gurme yemekler yaparım. O kadar. Başka hizmetler arıyorsanız, başka bir yere bakmanızı öneririm."

"Ve neden böyle?" diye sordu sertçe.

"Açıkçası benim tipim değilsin."

"Sen de benim tipim değilsin."

Kendini daha da kırgın hissetti.

"Bak, bence anlaşmamız iyi gidiyor. Böyle kalsın. Başka hiçbir şey yürümeyecek."

"Cinsel iyilikler istediğimi mi düşünüyorsun?" diye sordu.

Christina dondu.

"Böyle değil mi?"

"İnanmıyorum."

Yüzü pancar kırmızısına döndü.

"Ah, üzgünüm efendim."

"Unut gitsin," diye yanıtladı. "Hizmetçim yakında emekli olacağı için soruyorum. Fazla vaktin varsa, belki bana temizlik işlerimde yardım edebilirsin."

"Ne yapmalıyım?"

"Zor bir şey yok. Bulaşıkları temizleyin. Her şeyi temiz tutun."

"Bunu düşünmem gerekecek."

"Elbette iyi bir tazminat alacaksın," diye yanıtladı. "Merak etme, senden seks istemeyeceğim. Benim tipim değilsin."

Yine kızardı.

"Önceki için üzgünüm. Ama düşüneceğim. Neden olmasın?"

"Teklifi değerlendirin. İşim sorunsuz gidiyor ve ev bakımıyla ilgili biraz yardıma minnettarım."

"Sık sık dışarı çıkmıyorsun, değil mi?"

"Zaten dünyayı dolaştım ve hepsini gördüm" diye yanıtladı. "Hayatımın bu kısmında yazmaya odaklanıyorum. Bazen dışarı çıkıyorum. Hala egzersiz yapmayı seviyorum. Ama ev işleriyle uğraşmak istemiyorum. Yetenekli bir genç kadına benziyorsun, bu yüzden sana fazladan teklif ediyorum. iş."

Christina başını salladı.

"Çok cömertsin."

"Ekstra parayla kendine yeni bir gardırop ve yeni bir araba alabilirsin."

Bu yoruma biraz sinirlendi.

"Anladım. Paraya ihtiyacım var. Ortaya koymana gerek yok."

"Yapmaya çalışmıyordum."

"İyi. Yapacağım. Senin için fazladan temizlik yapacağım."

"Mükemmel," diye yanıtladı nadir bir gülümsemeyle. "Sahneyi sonra konuşuruz."

Paul'e doğru yürüdü ve tokalaşmak için elini uzattı.

Paul bir beyefendi gibi ayağa kalktı ve onun elini sıktı.

Anlaşma imzalandı.

KAPALI KAPI

BÖLÜM 5

Cristina bazı küçük işler için birkaç müşteri daha bulmayı başardı.

Ancak işinin çoğu Paul için yapıldı.

Haftanın her günü yemeklerini o hazırlardı.

Zamanla onun için daha fazla iş yapmaya başladı.

Ekstra para için küçük temizlik işleri yaptı.

Cristina her zaman evin etrafında dağınık bir insan olmuştu, bu yüzden ev işlerini başka biri için yapıyor olması ironikti.

Ama para iyiydi, bu yüzden umursamadı.

belirli bir şekilde temizlenmesi ve düzenlenmesi gerekiyordu .

Pencerelerin lekesiz olması gerekiyordu.

Mobilyaların tozsuz olması gerekiyordu.

Paul yerleri kendisi temizledi.

Paul çok özel bir insandı.

Ve bu özellikler Cristina'yı zaman zaman rahatsız etti.

Ama para iyiydi.

Bir bakıma Cristina, Paul'e yardım etmekten gurur duyuyordu.

Garip bir şekilde, Paul'ün kitaplarını yazabilme hedefine ulaşmasına yardım ediyormuş gibi hissetti.

Onu bir insan olarak önemsiyordu.

BÖLÜM 6

Yemek masası düzenliydi.

Öğle yemeği hazırdı.

Cristina tabağa baktı ve onun güzel çalışmasına hayran kaldı.

Aşçılık okulu meyvesini vermişti.

Paul hiçbir zaman iltifat etmemiş olsa da Paul'ün bunu denemesini bekleyemedi.

Paul öğle yemeğine alışılmadık bir şekilde geç kaldı.

Asla geç kalmazdı.

Üst kat kapısı biraz açıktı ve Cristina klavyenin hararetle kullanıldığını dinledi.

Hala meşgul olduğunu biliyordu.

Merdivenlere doğru yürüdü ve onu arayıp aramayacağını düşündü.

İşini bölmek istemiyordu.

Ama Paul'ün düzene ihtiyacı olan bir adam olduğunu biliyordu.

Belki de zamanın nasıl geçtiğini anlamadın?

Sonra onu gördü.

Merdivenlerin yanında kapı açıktı, hafifçe aralıktı.

Paul'ün yasak olduğunu söylediği bir odaydı.

Paul, bu oda hariç tüm odaları temizlememi istedi.

Cristina'nın merakı doruğa ulaştı.

Hâlâ yukarıda Paul'ün yazdıklarını dinliyordum.

Gizli odaya bir göz atmak istedi.

Ne kadar küçük olursa olsun, Paul'ün küçük sırlarını bilmek istiyordu .

Onunla ilgileniyordu.

Haftalardır hizmet ettiği adamla ilgileniyordu.

Kapıya doğru birkaç sakin adım attı.

Kafasını içeri uzattı.

Oda karanlıktı.

Işık düğmesini açtı ve oda parlak bir şekilde aydınlandı.

Yatak odasının evdeki en az şık yer olması Cristina'yı şaşırttı.

Ama hepsi antika gibi görünüyordu.

İçeri girip etrafına baktı.

Çeşitli ahşap ve metal cihazlar vardı.

Tasarımlar orta çağdan kalma gibi görünüyordu.

Aletler , bir kişinin oturması veya uzanması için yeterince büyük görünüyordu.

Duvarda çeşitli kırbaçlar ve zincirler asılıydı.

Yakındaki bir masada birçok ip vardı.

Cristina metal bir cihaza dokunmak için parmağını kullandı.

Parmağını üzerinde gezdirdi ve baktı.

Parmağının ucu ince bir toz tabakasıyla kaplıydı.

Oda uzun süredir kullanılmamıştı.

"Burada olmamalısın," dedi Paul arkadan.

Cristina onun sesine şaşırdı ve yerinden sıçradı.

Paul'ün kapının yanında durduğunu görmek için döndü.

"Üzgünüm."

"Bu oda senin görevin dışında demedim mi?" diye sordu, gelişigüzel bir şekilde içeri girerken.

"Biliyorum. Ama açıktı ve merak ettim. Belki temizlememi istersin diye düşündüm."

"Hayır. Daha sonra kendim temizlemeyi planlıyordum."

Christina yutkundu.

"Yemeğin hazır. Havalar soğumaya başladı."

"Bekleyebilir," diye yanıtladı, cihazlara bakmak için odaya girerek . "Bütün bunların ne olduğunu merak ediyor olmalısın."

"Bir ortaçağ işkence odasına benziyor."

"Neredeyse haklısın. Bunlardan bazıları yüzyıllar önce, orta çağda inşa edilmiş. Ama işkence için değil."

"Öyleyse ne için?"

"Zevk. Cinsel zevk," diye açık açık yanıtladı.

Christina şaşırmıştı.

"Nasıl olduğunu anlayamıyorum. Bu şeyler çok acı verici görünüyor."

"İşte mesele bu."

"Yani temelde esaret araçları mı?"

O kabul etti.

"Bu fetişler yüzyıllardır var. Bu cihazların kraliyet aileleri ve soylular için yapıldığına inanabiliyor musun?"

"Şaşırmam. Çoğu zengin insan biraz ahlaksızdır."

Tek kaşını kaldırdı.

"Bu beni kapsıyor mu?"

Ah hayır, seni kastetmedim, diye hızla geri çekildi.

"Sadece şaka yapıyordum."

Christina rahatladı.

"Elbette. Peki neden tüm bunlar bu odada kilitli? Neden onları bir müzeye filan satmıyorsun?"

"Belki bir gün. Ama şimdilik kitabımda bunları yazıyorum. Fotoğraflarını da çekmeyi planlıyordum. O yüzden oda açıktı."

"Kitabın ilginç olmalı."

"Umarım," diye yanıtladı. "Seks hakkında yazıyorum. Bir tür tahakküm ve cinsel kölelik."

Christina kaşlarını kaldırdı.

"Gerçekten mi? Bu tür şeyler için uygun bir adama benzemiyorsun."

"Peki nasıl bir adama benziyorum?"

"Bilmiyorum. Yumuşak. Çilek. Alınma."

"Alınma," diye yanıtladı. "Yıllar önce çok farklı bir insandım. Her zaman bu kadar münzevi değildim."

"Ne değişti?"

Paul parmaklarını metal bir cihaza sürttü.

"Uzun hikaye. Kitabımı yazmayı bitirdiğimde okuyabilirsiniz."

"Pekala, sabırsızlıkla bekliyorum. Anlatacak ilginç hikayelerin varmış gibi görünüyor."

"Ustanın ne olduğunu biliyor musun?" diye sordu.

"Sadece temel şeyler," diye omuz silkti. "Kadınlara patronluk taslayan bir adam. Kırbaçlar. Zincirler. Şaplak atmak. Bu tür şeyler, değil mi?"

"Aşağı yukarı. Pek çok itaatkâr kadının Efendisi oldum. Karanlık arzuları olan güzel kadınlar."

"Onlara vurdun mu?" merakla sordu.

"Bazen."

"Peki ya bu cihazlar?" diye sordu. "Onları hiç kölelerin üzerinde kullandın mı?"

"Bazen. Ama yöntemler önemli değil. Mesele dayak ya da alet değil. Mesele teslimiyet. Bana bedenlerini veriyorlar. Ben de onlarla istediğimi yapıyorum. Sonuçta zevkler karşılıklı."

Cristina bir an sessiz kaldı.

Doğrudan Paul'ün gözlerine baktı ve söylediği her kelimenin doğru olduğunu biliyordu.

Bunun Paul'ün deneyimlediği bir şey olduğunu biliyordu.

Bunun Paul'ün tekrar yapmayı özlediği bir şey olduğunu biliyordu.

"Yemeğiniz soğuyor" dedi.

"Tek umursadığın bu mu?"

Bir an dondu.

"Beni yemek servisi için tuttun, değil mi?"

"Sen akıllı bir kızsın," dedi hafif bir gülümsemeyle. "Benden hoşlanmaya başlıyorsun."

Paul yanlarına gitti ve Cristina'nın omzuna dostça bir şaplak attı.

Sonra arkasını döndü ve odadan çıktı, bu sırada Cristina tuhaf karşılaşmayla kafası karışmıştı.

Onu yemek odasına kadar takip etti ve yemek yemesini izledi.

BÖLÜM 7

Aynı gecenin ilerleyen saatlerinde.

Cristina'nın son birkaç aydır geleceğinden korktuğu telefon buydu.

"Gibi?!" diye sordu.

"Sonunda zamanı geldi," diye yanıtladı annesi. "Baban ve ben artık sana maddi destek vermeyeceğiz. Kendi başının çaresine bakabilecek yaşta olduğunu düşünüyoruz."

"Şehirde yaşamanın pahalı olduğunun farkındasın değil mi?"

"Tatlım, kimse seni şehirde yaşaman için zorlamıyor. Her zaman evine daha yakına gidebilir ve yaşamak için daha ucuz bir şeyler bulabilirsin."

Hayır, teşekkürler, diye içini çekti Cristina.

"Neden bu kadar şaşırdığını bilmiyorum. Son birkaç aydır seni uyarıyorum. Ben senin yaşındayken, ben..."

"Zaman değişti anne. Haberleri gördün mü? Bu ekonomik durum zor. Hayat pahalılığı akıl almaz"

"Ama işiniz iyiye gidiyor," diye yanıtladı annesi.

"Neredeyse."

"Başarılı olmak istiyorsan biraz daha iş anlayışlı olmalısın. Kasabada çok fazla potansiyel müşteri var. Tek yapman gereken onları bulmak. Sen harika bir aşçısın ve iyi bir insansın. İnancım var. sende, Cristina."

"Evet, haklısın. Partiler için ikrama ihtiyaçları olup olmadığını öğrenmek için çeşitli şirketlerle iletişime geçmeyi düşünüyordum."

Annesi gururla, "Girişimci ruh bu," diye yanıtladı.

"Hayat o kadar kolay olsaydı."

"İyi şeyler ısrarcı olduğunda gelir. Konu açılmışken, hala Paul'le çalışıyor musun? Nasıl gidiyor?"

Cristina belli belirsiz, "İyi gidiyor," dedi.

"Ee? Hepsi bu kadar mı? İlginç ayrıntılar var mı?"

"Pek sayılmaz. Haftada beş gün onun için yemek yapıyorum. Hizmetim için bana çok para ödüyor. Biraz tuhaf bir adam."

"Konuşana bak," diye şaka yaptı annesi.

"Eğlenceli."

"Şaka yapıyorum. Haklısın. Paul biraz soğuk görünüyor. Yine de akıllı bir adam."

Cristina, "Kesinlikle ilginç biri," diye yanıtladı. "Ve beni işe alıyor. Bu yüzden şikayet edemem."

"Sen de yapmamalısın. İşinizin büyümesini istiyorsanız, müşterilerinizi her zaman mutlu etmelisiniz. Bu benim için her zaman işe yaradı."

Christina bir an durdu.

"Biliyor musun, bana bir fikir verdin."

"Bunun sesini sevdiğimden emin değilim."

"Teşekkürler anne. Sen en iyisisin."

"Kendine iyi bak Cristina. Her zaman yanındayım. Seni seviyorum."

"Ben de seni seviyorum anne."

Görüşme sona erdikten sonra, Cristina'nın güçlü bir kararlılık duygusu vardı.

Ebeveynlerinin yardımı olmadan başarılı olmaya kararlıydı.

BÖLÜM 8

Sonraki gün.

Paul öğle yemeğini yerken Cristina dikkatle bekledi.

Mutfağı temizledi ve onun için bazı ev işleriyle ilgilendi.

Paul yemeğini bitirdiğinde yemek odasına döndü ve tabağı ondan aldı.

Paul ayrılmaya fırsat bulamadan, saygılı bir duruşla yemek masasının önünde durdu.

Düşünüyordum da, dedi Cristina ellerini birleştirerek. "Bu düzenleme gerçekten işe yaradı. Yemeklerinin ve ev işlerinin çoğunu ben hallettim ve böylece işine odaklanabilirsin."

Paul bir teklifin geleceğini bilerek geri çekildi.

"Katılıyorum. Bu iyi çalışıyor. Beklediğimden daha iyi."

"Buradaki görevlerimi genişletmek istesem nasıl hissedersin? Fazladan para için tabii."

"Zaten benim yapmam gerekenden fazlasını yapıyorsun. Ben de sana şimdiden son derece cömert bir maaş ödüyorum."

Cristina kibarca, "Bunu takdir ediyorum," dedi. "Ama senin için daha çok şey yapsaydım daha çok yarar görürdün. Bir kadının dokunuşu bekar bir erkek için her zaman yararlıdır."

Paul bir an düşündü.

"Bu ilginç bir nokta. Devam et."

"Senin için yapabileceğim başka birçok şey olduğuna eminim."

"Ne gibi?"

Cristina bir an düşündü.

"Pekala, bu sana kalmış. Belki kilitli odadaki cihazları temizleyebilirim. O oda tozluydu. Fazladan temizlik işi yapabilirim. Ve belki senin için bir parti verebilirim."

"Birdenbire daha fazla paraya neden bu kadar ilgi duydun?" diye sordu.

"Bence bir kadının dokunuşundan faydalanabilirsin. Verebileceğin tüm partileri düşün. İnsanlar yemeğe bayılır. Sosyal hayatın harika olur."

"Bana doğruyu söyle. Neden fazladan paraya ihtiyacın var?"

Cristina bir an duraksadı.

"Ailem bana daha fazla nakit vermeyecek. Ve bu kasabadaki kira çok yüksek. Buralarda yapmamı istediğin başka bir şey varsa seve seve yaparım."

Paul anlayışla başını salladı.

"Seni insan olarak seviyorum Cristina. Çok çalışıyorsun ve bunu yaparken eğleniyorsun. Ama sana bedava para vermeyeceğim, özellikle de zaten yüklü miktarda para veriyorsam."

"Anlıyorum" diye yanıtladı Cristina, üzüntüsünü bastırmaya çalışarak. "Yine de dinlediğin için teşekkürler. Yarın döneceğim."

"Henüz bitiş noktama ulaşmadım" diye ekledi. "Bir şey düşünmeye çalışacağım. Beceri ve niteliklerinize uygun bir şey. Bir şey bulduğumda size haber vereceğim ve bunun için ödüllendirileceksiniz. Kulağa adil geliyor mu?"

Güldü.

"Kulağa harika geliyor".

BÖLÜM 9

Günler geçti.

Paul asla bir teklifte bulunmadı.

Cristina rahatsız olmak istemediği için ona hiç sormadı.

Her zamanki gibi Paul'ün öğle yemeğini hazırlıyordu.

Paul her zamankinden daha erken yemek odasına indi.

Oturup Cristina her şeyi hazırlarken bekledi.

Cristina yemek tabağını getirdiğinde , "İyi görünüyor," dedi .

Onu tebrik etmesi gerçekten garip bir an gibi geldi.

"Teşekkürler. Kızarmış kuzu ve yanında pişmiş sebzeler."

Paul onun yanına bir koltuk çekti.

"Otur. Seninle görüşmek istediğim bir şey var."

Cristina oturdu ve söyleyeceklerini bekledi.

"Daha fazla çalışma isteğinizi düşündüm," dedi. "Özellikle buralarda kadınsı bir dokunuşa duyulan ihtiyaç konusunda. Her neyse, doğrudan konuya geçeceğim, yazılarım için ilham kaynağı olarak seninkilerden biraz kullanabilirim."

"İlham mı? Nasıl yani?"

"Belki benim için poz verebilirsin. Son zamanlarda yazma tutukluğuyla mücadele ediyorum ve bakabileceğim bir şey konusunda bana yardım edebilirsin."

Cristina endişeli bir ifade takındı.

"Senin için bir parti falan vermemi istemediğinden emin misin? Böylesi daha iyi olur."

"Parti vermekle ilgilenmiyorum," diye yanıtladı, sandalyesine yaslanarak. "Üzgünüm, sadece sordum. Uygunsuzdu."

Bir an düşündü.

"Ne kadar para teklif edersin?"

"Her şey değişir."

"İle ilgili?"

"Yapacağın işten" dedi. "Daha önce hiç model tutmadım. Ama yazmama yardımcı olacağını biliyorum."

"Ah, peki, bunu aklımda tutacağım."

"Yapma. Sormam hataydı. Sakıncası yoksa şimdi yemek yemek istiyorum. Daha sonra yapacak başka işlerim var."

"Yapacağım!" Christina tersledi.

"O?"

"Bana teklif ettiğin modellik işi. Kimse bilmeyecek, değil mi? Kesinlikle aramızda kalacak, değil mi?"

"Doğru," diye onayladı. "Kaydı olmayacak. Sadece ilhama ihtiyacım var."

"İlgilenirim."

Paul hafifçe içini çekti.

"Anladığını sanmıyorum. Teklifimde aceleci davrandım. Benim zevklerimin sana göre olduğunu düşünmüyorum."

"Neden?"

"Çünkü tahakküm odasında çok rahatsız görünüyordun."

Cristina biraz şaşırmıştı.

Aniden Paul'ün hakimiyet hikayeleri için ilham aradığını fark etti.

Ama ne olursa olsun parayı düşündü.

"Bununla rahat olmayı öğrenebilirim," diye yanıtladı. "Bana sadece zaman ver. Kimse bilmediği sürece, ben iyi olacağım."

Paul ona uzun, şüpheci bir bakış attı.

"Nasıl istersen. Yarın sabah sekiz buçukta burada ol. O andan itibaren işleri hallederiz."

"Teşekkür ederim."

Cristina ayağa kalktı ve tokalaşmak için elini uzattı.

Paul uzanıp onun elini sıktı.

BÖLÜM 10

Aynı gecenin ilerleyen saatlerinde.

Cristina mutfakta ertesi günün yemeklerini hazırlıyordu.

Paul onun sabah sekiz buçukta orada olmasını beklediğinden, ertesi gün bunu yapmaya vakti olmayacağını biliyordu.

Her şey hazırlandıktan sonra Cristina aynada kendine baktı.

Paul için modellik yapacak kadar güzel olup olmadığını merak etti.

Odada ne gibi sürprizlerin olacağını merak etti.

Tatlı olsun ya da olmasın.

Ve ne kadar paradan bahsettiğimizi merak etti.

Paul mali ödemeler konusunda her zaman cömert davranmıştı.

En çok da Paul'ün ne kadar hakimiyet görmek istediğini merak etti.

Cristina'nın mantıklı tarafı durumu kontrol ediyordu: para iyidir.

Ve kimse asla bilmeyecek.

Paul ile küçük sırrım.

Soyundu ve yatak odası aynasının önünde güzel kıyafetler denedi.

Sonunda sade sarı bir elbisede karar kıldı.

Çok açıklayıcı değildi.

Ve o da çok iffetli değildi.

Mutlu ortamdı.

Saçlarını taradı ve ne kadar makyaj yapacağını düşündü.

Bu yüzden yapmamaya karar verdi.

Durumu çok garip hale getirirdi.

Her şey hazırdı.

İşe hazırdı.

BÖLÜM 11

Ertesi günün sabahı.

Cristina sekizi çeyrek geçe Paul'ün evine geldi.

Önceden hazırlandığından emin olmak istedi.

Sarı elbisesini giymişti.

Saçları düzgünce taranmıştı ve yüzü makyajdan arınmıştı.

Zaten doğal olarak güzeldi.

Cristina yemek kaplarını mutfaktaki buzdolabına yerleştirdikten sonra özel odada, tahta aletlerin üzerine birlikte oturdular.

"Aklında ne var?" diye sordu.

"Değişir. Sınırlarınız neler?"

Christina omuz silkti.

"Bilmiyorum. Daha önce hiç böyle bir şey yapmamıştım."

"O zaman öğrensek iyi olacak sanırım."

Cristina'nın gözleri bir an için tekrar odayı taradı.

Evin en sıkıcı odasıydı.

Duvarlar pürüzsüzdü.

Ancak çeşitli boyut ve şekillerde eski cihazlar vardı.

Hepsi çok korkutucu görünüyordu.

"Açık fikirli olacağım" dedi. "Ama ben acıyı sevmiyorum. Ve beni çok hızlı zorlamanı istemiyorum . Acele etmene gerek yok. Tamam mı?"

O kabul etti.

"Açık sözlü olduğun için teşekkür ederim. Çok sabırlı bir adam olduğumu bilmelisin. Bunu yıllarca sayısız itaatkâr kadınla yaptım. O hazır olmadıkça asla daha fazla zorlamam."

Bu sözler Cristina'nın omurgasında garip bir his uyandırdı.

"İtaatkar kadınlar" tabirini düşünmeden edemedim.

Birkaç dakika içinde, o 'itaatkar kadınlar' ile pekâlâ aynı konumda olabileceğini fark etti.

"Tamam," diye kabul etti. "Teşekkürler. Peki nasıl başlamalıyız?"

Paul ayağa kalktı ve Cristina ağırbaşlı bir pozisyonda otururken, her bir cihaza bakarak odanın içinde yavaşça yürüdü.

Her cihaza Cristina'yı sinirlendirecek şekilde baktı.

"Daha önce hiç bağlandın mı?" diye sordu.

Christina başını salladı.

"Belli ki değil."

"Olmak istermisin?"

"Bilmiyorum."

Tahta masayı işaret etti.

"Neden denemiyorsun?"

"Bilmiyorum," diye gergince omuz silkti.

"Bu senin için çok mu? İlham almak için bir şeyler görmem gerekiyor. Seni orada otururken izlemenin bana pek faydası olmayacak."

Cristina yavaşça ayağa kalktı ve derin bir nefes aldı.

"Ne istersen yapacağım."

"Emin misin? Cristina, hoşuna gitmeyen bir şey yapmanı istemiyorum. Sana borcumu ödemenin başka yollarını bulabilirim."

Derin bir nefes daha aldı.

"Hayır, eminim. Modellik yapmak için bir anlaşmaya vardık ve ben yoluma devam etmek niyetindeyim."

"Emin misin?"

"Evet tamamen."

"Öyleyse uzan," dedi Paul tahta masayı işaret ederek.

Masa acı verecek kadar rahatsız görünüyordu.

Eski ve rustik görünüyordu.

Ama bir insanın üzerine kolayca yatabileceği kadar alçaktı.

Masanın her iki yanında Cristina'ya rahatsız bir his veren eski metal çubuklar vardı.

Duygularını bir kenara bırakarak masaya geri döndü.

Beklediği gibi acı verici ve rahatsız ediciydi.

Masanın zevk için değil, işkence için tasarlandığına ikna olmuştu.

Bir insanın böyle bir şeyden nasıl zevk alabileceğini merak etti.

Masanın ortasına uzandı ve doğrudan tavana baktı.

"Bileklerini bağlayacağım," dedi başının üzerinde durarak.

Başında duran Paul figürüne bakarken bir an sessiz kaldı.

"Tamam," diye yanıtladı bileklerini kaldırarak. "İleri."

Paul nazikçe bileklerini tuttu ve onları masanın üzerindeki metal çubuğa getirdi.

Beklediği gibi bar soğuktu.

Cildinin dokusu pek pürüzsüz değildi ki bu, barın çok uzun zaman önce, modern makinelerden önce yapıldığının bir işaretiydi.

Bileklerinin kalın bir iple bara bağlı olduğunu hissetti.

Cristina bakma zahmetine girmedi.

Gözlerini tavanda tuttu.

"Acıtmak?" diye sordu.

"İyi değilim."

Odanın karşısından ayak sesleri duyuldu.

Cristina, Paul'e bakma zahmetine girmedi.

Ama Paul'ün ne düşündüğünü merak etti.

Onu güzel bir elbise içinde, bilekleri bağlı halde görmek Paul için heyecan verici olmalı, diye düşündü.

"Bir daha anlat" dedi. "Sınırınız nedir?"

Yuttu.

"Sadece beni incitme."

"Elbiseni açabilir miyim?" diye sordu.

"Hayır bu değil."

"Öyleyse başka sınırlarınız olduğunu varsayıyorum," diye yanıtladı hafif bir eğlence duygusuyla.

"Sanırım."

"Sana dokunabilir miyim?" diye sordu. "Reddetmende bir sakınca yok. Ama buraya kadar geldiğimize göre kesinlikle çekici görünüyorsun."

"İstersen," diye yanıtladı mahcup bir şekilde.

"Ne istediğimle ilgili değil. Senin neyle rahat olduğunla ilgili."

Bir an düşünceleriyle boğuştu.

"Ben rahatım. Sorun değil. İsterseniz devam edin. Yani ben rahatım."

"Emin misin Cristina? Kendini rahat hissetmiyorsan sana baskı yapmak istemem."

"Sen bildiğin sürece..."

"Sizi maddi olarak telafi ettiği sürece mi?" diye sordu yarı eğlenerek.

Ses tonu ve cümleleri Cristina'yı daha da rahatsız etti.

"Evet," diye yanıtladı.

"Bunun için endişelenmene gerek yok".

Cristina biraz daha alaycı bir yanıt bekliyordu ama Paul'ün konuşması bitmişti.

Masanın üzerinde uzanmaya devam ederken ona doğru yürüdü.

Cristina onun vücuduna baktığını gördü.

Açıkça gergindi.

Ne planladığını bilmiyordu.

Gözleri ziyafet çekti ve vücudunda gezindi.

Sonunda karar verildi.

Ve hamlesini yaptı.

Paul uzandı ve Cristina'nın dizine dokundu.

Bu onu şaşırtan ani bir dokunuştu.

Ürperdi.

"İyi misin Cristina?"

"Ben iyiyim. Sadece bunu beklemiyordum."

Elini kalçasından aşağı doğru kaydırdı.

Eli sarı eteğinin altına gelene kadar daha derine kaydı.

Cristina'yı rahatsız etti ama aynı zamanda bacaklarının arasında karıncalanmasına da neden oldu.

Gözleri tavana odaklı kaldı.

"Daha fazla devam etmemizin sakıncası var mı?" diye sordu. "Buraya kadar geldik."

"Devam et. Umurumda değil."

"Emin misin?"

"Eminim."

Paul, Cristina'nın eteğini kaldırdı ve onu yukarı itti.

Külotu açığa çıktı.

Paul elini Cristina'nın külotunun altına kaydırdı.

Doğal olarak yine ürperdi ama kendini tuttu.

Paul'ün eli kasıklarını ovuşturdu.

Cristina'nın vücudu ve ayakları gergindi.

"Rahatlamalısın," dedi Paul. "Aksi takdirde, bu pek iyi olmayacak."

"Kuyu."

Cristina vücudunu gevşetmek için elinden geleni yaptı.

Gözleri tavanda kaldı.

Paul'e bakamayacak kadar utanmıştı.

Sadece kasıklarını okşamasına izin verdi.

Paul klitorisiyle oynarken nefesi kesildi.

Beklemediği bir hareketti.

Doğal içgüdüsü uzanıp Paul'ün elini çekmek, sonra kendini örtmek ve sonra Paul'ün suratına bir tokat atmaktı ama bileklerini saran ipler sıkıydı.

Hafifçe çekiştirdi ama nafile.

"Çıkmaya mı çalışıyorsun?" diye sordu. "Çıkmak istiyorsan bana söyle, seni hemen çözeyim."

"Üzgünüm. Ani bir tepkiydi."

"Pekala, öyle tepki verme. İstediğim tepki bu değil."

"Sorun değil, üzgünüm."

Paul'ün parmakları onun şişmiş klitorisinin üzerinde öfkeli, dairesel bir hareketle hareket etti.

Cristina'nın nefesini tutmaktan başka seçeneği yoktu.

Duygularını zapt edemeyecek kadar şoktaydı.

Parmaklar durmadı.

Güzel bir zevkti.

Gözlerini kapadı ve Paul'ün zevkinin tadını çıkardı.

Vücudundan akan bir karıncalanma hissiydi.

"Yaklaştığını söyleyebilirim," dedi. "Sakin ol. Bitmek üzere."

, gözleri hâlâ kapalıyken, Paul'ün narin küçük klitorisinden zevk alan parmaklarının keyfini çıkarmasına izin verdi.

Cristina'nın parmakları sertleşene kadar dakikalar geçti.

Kısa iniltiler döküldü dudaklarından.

Gözleri sımsıkı kapandı.

Kasları kasıldı.

Hayatındaki tüm stresler için hak edilmiş bir orgazmdı.

Sonunda vücudu gevşedi ve Paul elini külotundan çıkardı.

Elbisesini doğru konumuna getirdi.

Sanki doğru bir şey yapmış gibi Cristina'nın kalçasına hafifçe vurdu.

Paul onun bileklerini çözmeye başlarken, "Kesinlikle hoşuna gitti," dedi.

Cristina kendini özgür hissetti.

Doğrulup, ipten dolayı hafifçe kızaran ve ağrıyan bileklerini ovuşturdu.

Orgazm hissi, acıya karşı koymaya yardımcı oldu.

"Hoşuma gitti," diye yanıtladı. "Güzeldi. Gerçekten güzeldi. Tanrım, uzun zamandır böyle hissetmemiştim. Yani senin kadar iyi değil."

"Beğendiğine sevindim. Bana yazmamda yardımcı olacak pek çok anıyı geri getirdi. Benim için harika bir ilham kaynağı oldun."

"Hizmetinizde olmaktan her zaman memnunum."

"Mükemmel," diye kabul etti. "Ay sonunda çekinize bir ikramiye ekleyeceğimden emin olabilirsiniz. Bunun için fazladan beş bin dolar kazandığınızı düşünüyorum."

Şaşırtıcı bir şekilde, Cristina bir utanç duygusu hissetti.

Paul'ün iyi niyetli olduğunu biliyordu.

Beklediğinden çok daha fazla olan fazladan beş bini takdir etti.

Ama sanki kolay para için vücudunu ve cinselliğini satmış gibi bir suçluluk duygusu kapladı içini.

Bu ona saf ve kirli hissettiriyordu.

"Ben fahişe değilim," diye ağzından kaçırdı, sonra anında pişman oldu.

"Öyle olduğunu asla söylemedim."

"Üzgünüm," diye yanıtladı. "Her şeyi gerçekten takdir ediyorum. Ama vücudumu hiç bu şekilde para kazanmak için kullanmadım."

Paul, kendinde hayal kırıklığıyla başını salladı.

"Üzgün olma. Bu benim hatam. Seninle aceleye geldim. Senden benim için modellik yapmanı istememeliydim."

Cristina kalkıp elbisesini düzeltti.

"Hoş buldum" dedi. "Gerçekten yaptım. Ama benim için biraz garipti. Belki bir dahaki sefere başka bir zaman yapabiliriz? Sadece biraz daha yavaş."

"Sanmıyorum. Bu kesinlikle sana göre değil."

Cristina, orgazm hissi vücudunda hâlâ akarken utangaç bir bakış attı.

"Şimdi yemeğini yapacağım," dedi.

"Ben kendim yapabilirim. Sen gidebilirsin."

İtaatkar bir şekilde başını salladı.

"Bunu yaptığımıza sevindim."

"Ben de," diye yanıtladı. "Ama bunu bir daha asla yapmamalıyız. Pazartesi görüşürüz."

Paul'ün zaten kesin bir karar verdiğini bilen Cristina başını salladı.

Şimdi aralarında ince bir gariplik vardı.

Birkaç kelime daha değiş tokuş ettikten sonra, Paul'ün onun hakkında ne düşündüğünü merak ederek ayrıldı.

YENİ İŞ

BÖLÜM 12

Aynı gecenin ilerleyen saatlerinde.

Cristina bilgisayarının başına oturdu ve yeni müşteriler kazanmanın yollarını aradı.

Yemek işini tanıtmak için farklı şirketlere en az bir düzine e-posta gönderdi.

Çok fazla bir yanıt beklemiyordum ama denemeye değerdi ve kaybedecek hiçbir şeyim yoktu.

Telefon çaldı.

Tekrar kontrol etmek için arayan annesiydi.

Her zamanki havadan sudan sohbetlerini yaptılar ve söylenecek fazla bir şey yoktu.

Cristina, "Kendi işimi yürütmek zor," diye yakındı.

"Kolay olmasını mı bekliyordun?"

"Ne beklediğimi bilmiyorum. Çok çalışmayı umursamıyorum. Başkaları için yemek yapmayı seviyorum. Ama Tanrım, daha fazla müşteriye ihtiyacım var."

"Deneyimlerime göre, önemli olan senin kimi tanıdığındır," diye yanıtladı annesi. "Pek çok iş kişisel bağlantılardan gelir. O yüzden dışarı çıkın ve çevrimiçi arama yapmak yerine yeni insanlarla tanışmaya çalışın."

"Mantıklı, sanırım."

"Sanırım? Ne zaman yanılıyorum?"

"Bilmiyorum."

Annesi, "Bu kadar depresif konuşma, Cristina," dedi. "Pek çok insan yeni bir işle mücadele ediyor. Denemeye devam edin."

"Teşekkürler Anne."

"Paul'le işler nasıl? Sana hala yüklü miktarda para ödüyor mu?"

Cristina, "Karmaşık," diye içini çekti. "Ama evet, hala iyi ödüyor."

"Karmaşık bir adama benziyor."

"Yarısını bile bilmiyorsun."

Telefonda bir duraksama oldu.

"Seninle bir şey denedi mi?" diye sordu annesi ihtiyatla.

Cristina yalan söylemekte hızlıydı.

"Olmaz. Elbette hayır."

"Bana doğruyu söyleyebilirsin. Senin için buradayım."

"Anne, o benim tipim değil. Eğer bir hamle yaparsa, o gün ne pişirdiysem onunla kafasına vururum."

"Bu tanıdığım Cristina'nın ruhuna benziyor," diye kıkırdadı annesi.

"Varsayımsal olarak konuşursak, ya yapsaydım? Demek istediğim, bu konuda ne hissederdin?"

"Paul bir hamle yaparsa?"

"Evet," diye yanıtladı Christina. "Nasıl hissederdin?"

Hatta bir duraklama daha oldu.

"Sanırım sana kalmış. Sana çıkma teklif ettiyse, bu senin kararın."

"Gerçekten mi?"

"Karar senin, Cristina. Ama mutfakta popona dokunmaya kalkarsa, o zaman başına o ünlü acı sosundan biraz dökmeni öneririm."

Cristina alaycı bir sesle, "Elbette isterim," diye yanıtladı.

"Aklında bir şey var gibi görünüyor."

"Artık değil. Teşekkürler anne, sen en iyisisin. Seni bırakmak zorundayım."

"Güle güle seni seviyorum."

"Ben de seni seviyorum anne."

Arama sona erdi ve Cristina sandalyesinde arkasına yaslandı.

Paul'ü ve o gün yaşadığı orgazmı düşündü.

Duyguları hala canlı bir şekilde hatırlıyordu.

Her dokunuş, her duygu.

Vücuduna karşı sert ağaç hissi.

Paul'ün elini amcık üzerinde hissettiği his.

Ve her şeyden önce orgazm.

Hakimiyet hiçbir zaman ona göre değildi ama iyi hissettiriyordu.

İnternette arama yaptı ve farklı terimler aradı.

Araştırmasını yaparken kendisini yeniden bir üniversite öğrencisi gibi hissetmesini sağladı.

Kölelik ve zevkleri üzerine birkaç araştırma yaptı.

Çeşitli resimlere baktı.

Bu onu tekrar uyandırdı ve bir elini külotundan aşağı kaydırdı.

BÖLÜM 13

Pazartesi sabahı.

Cristina, Paul'ün evine gittiğinde iyi görünmek için çaba sarf etti.

Mavi bir elbise giymişti ve saçları özenle taranmıştı.

Paul, onu içeri almak için kapıyı açarken görünüşüne pek aldırış etmedi.

"Konuşabiliriz?" diye sordu. "İş hakkında yani."

"Elbette."

"Harika. Bekle."

Cristina yemeği mutfağa koydu ve Paul'ün oturduğu geniş oturma odasına gitti.

Karşısına oturdu.

"Hafta sonu boyunca çok düşündüm," dedi. "İlişkimiz hakkında."

"Ben de," dedi onun düşüncelerini bitirmesine izin vermeden. "Bence bunu bitirmeliyiz. İş ilişkimizin tehlikede olduğu açık. Evdeki ihtiyaçlarım için bir yedek aramaya başladım bile."

Cristina haberler yavaş yavaş içine girerken bir an donup kaldı.

"Ne? Hayır. İstediğim bu değildi."

"Bence en iyisi bu," diye yanıtladı. "Sen harika bir genç kadınsın. Bu dünyadaki yerini bulacaksın."

Şaşkın bakış yüzünde kaldı. "

Duymayı beklediğim bu değildi. Konuşmamızın çok farklı olacağını düşünmüştüm."

"Ne bekliyordun?"

"Geçen Cuma yaptığımız şeyi devam ettirmekle ilgilendiğimi söylemeye geldim."

Tek kaşını kaldırdı.

"Gerçekten mi? Bunu neden istiyorsun?"

"Gerçekten söylemem gerekiyor mu?"

"Evet."

Derin bir nefes aldı.

"Açıkçası burada çalışmaktan zevk alıyorum. Avantajlardan zevk alıyorum. Bence sen harika bir patronsun, sahip olabileceğimin en iyisi. Ve geçen hafta odada yaptığımız şey gerçekten hoşuma gitti. Sanırım ilk başta korkmuştum. ama çok düşündüm ve devam etsek sorun olmazdı."

"İlginç."

"Öyle mi düşünüyorsun?" diye sordu.

"Düşündüğüm kadar utangaç değilsin. Gelip doğrudan bana bunları söylemeni beklemiyordum. Etkilendim."

"Teşekkür ederim" diyerek gülümsedi.

"Bundan sonra ne olmalı?"

"Bilmiyorum," dedi beceriksizce omuz silkerek. "Bu sana kalmış. Ama iş ilişkimizin devam etmesini istiyorum."

"Cesur ol Cristina. Bana bundan sonra ne olacağını söyle. Hemen şimdi. Aklından ne geçtiğini bilmek istiyorum. Beni şaşırt."

Cesaretini topladı ve Paul'e kararlı bir bakış attı.

Dudakları büzüldü ve burnu hafifçe seğirdi.

Gözleri, sabırlı bir tavırla onun cesur bir şey yapmasını bekleyen Paul'ün üzerindeydi.

Cristina ayağa kalktı ve elleriyle elbisesini sildi.

Parmaklarını elbisesinin askılarına doladı.

Askıları bir kenara itti ve vücudunu hareket ettirerek elbisenin yere düşmesine izin verdi.

Beyaz sutyeni ve külotuyla, bileklerini saran güzel elbisesiyle Paul'ün önünde duruyordu.

"Ne yapıyorsun?" duygusuzca sordu.

"İşime bağlılığımı gösteriyorum."

"Belki beni yanlış anladın. Bunun senin için doğru yol olduğunu düşünmüyorum."

"Bana dur demiyorsun," diye yanıtladı. "Ve şikayet ettiğini de duymuyorum."

Paul'ün gözleri onun yarı çıplak vücudunda gezindi.

Ortalama bir yapısı vardı, biraz zayıftı.

Küçük göğüsler ve dar kalçalar.

Kas tonusu zayıf olduğu için nadiren egzersiz yaptığı açıktı.

"Oldukça çekicisin," dedi.

Elbisesini çıkardı ve doğrudan Paul'ün önünde durana kadar birkaç adım attı.

"İşte anlaşma," dedi cesurca. "Yeni anlaşma. Senin özel sağlayıcın olacağım. Ne zaman gerekli olduğunu düşünürsen, ben de senin modelin olacağım. Eğer istersen beni çağırabilirsin. Kendimi gerçekten iyi hissedersem, bu iyiliği karşılıksız veririm. "

Tek kaşını kaldırdı.

"İyiliğin karşılığını verecek misin?"

"Gelmeni sağlayacağım. Bedava. Ben fahişe değilim. Bunu minnettar bir alıcının armağanı olarak düşün."

"Kulağa sıra dışı bir iş ilişkisi gibi geliyor."

"Zaten çizgiyi çoktan aştık" dedi.

"Düşünmem gerekecek."

Cristina uzanıp Paul'ün bileğini tuttu ve elini külotuna götürdü.

Külotunun dışına dokundu ve bacaklarının arasını ovuşturdu.

"Hızlı düşün," dedi. Aksi takdirde teklifi geri çekeceğim" dedi.

Yarım bir gülümseme attı.

"Cesur yeni Cristina. Hoşuma gitti."

"Ben de."

Paul parmaklarını Cristina'nın külotuna daha çok bastırdı.

Sıcak dokunuşla inledi.

Paul elini külotunun içine kaydırıp çıplak kedisine dokunduğunda daha da inledi.

Uyanmıştı ve buna hiç şüphe yoktu.

"Islanmışsın," dedi ona bakarak.

"Biliyorum."

"Sütyenini çıkar. Seni göreyim."

Cristina sutyenini çıkarmak için uzandı ve kanepeye fırlattı.

Canlı küçük göğüsleri serbest bırakıldı.

Göğüs uçları pembe ve küçüktü.

Soğuk hava ve bariz cinsel uyarılma onları çabucak sertleştirdi.

Göğüslerini her zaman güvensiz hissettiği için elleriyle göğüslerini kapatma dürtüsüne direndi.

Ama cesur olmaya çalıştı ve göğsünü öne doğru itti.

"Onlardan hoşlanıyorsun?" diye sordu.

"Her kadının memesini seviyorum. Her biri kendine göre eşsiz ve özel. Seninki de bir istisna değil. Çok güzeller."

"Rabbime şükürler olsun."

" Efendim?" retorik bir şekilde sordu. "Sanırım nelerden hoşlandığımı biliyorsun."

"Ve ne seversin?" mahcup bir şekilde sordu.

"Mülk."

"Ah..."

Paul, Cristina'nın külotunu yere çekmek için iki elini de kullandı ve kızı tepeden tırnağa tamamen çıplak bıraktı.

Ayağa kalktı ve Cristina'nın elinden tuttu.

"Beni takip et" dedi. "Sana göstermek istediğim bir şey var."

Romantik bir şekilde elini tutarken Cristina'yı koridordan aşağı götürdü.

Cristina gergindi ama devam etti.

Esaret odasına doğru gittiklerini biliyordu.

Bu fikir onu heyecanlandırdı ve endişelendirdi.

Kapı aralıktı ve Paul onu açtı.

Işıkları açtı ve içeri girdiler.

Hava soğuktu, bu da Cristina'nın göğüs uçlarını daha da sertleştirdi.

Bakışları etrafında gezindi ve Paul'ün ne planladığını merak etti.

Paul, "Bir dizi yeni sorumluluğunuz var," dedi. "Tam bir itaat bekliyorum. Seni her zaman çıplak bekliyorum. Anlaşıldı mı?"

"Evet anladım."

"Masanın üzerine eğil," dedi. "Yüz üstü. Seni bağlayacağım. Tekrar boşalmanı istiyorum."

"Evet efendim."

Cristina korkutucu masaya baktı.

Eskisinden farklı bir tabloydu.

Ama aynı derecede rahatsız ve acı verici görünüyordu.

Ahşap ve metal çerçeve de eski görünüyordu.

Şikayet etmenin bir anlamı yoktu.

Kendisine söyleneni yaptı ve çıplak göğüslerini ve karnını tahta masanın üzerine koydu.

Beklediğimden daha rahatsız oldu.

Ahşap soğuktu ve hassas göğüs uçlarını soktu.

Gözleri yere baktı.

Paul'ün yanına gelmeden önce odada volta attığını duydu .

"Seni bağlayacağım" dedi. "Kollarınızı ve bacaklarınızı gevşetin. Sakinseniz bu basit bir işlemdir."

"Kuyu."

"Bunu istediğinden emin misin?"

"Evet," diye yanıtladı.

"Çünkü?"

"Çünkü tekrar boşalmak istiyorum."

Christina bir cevap alamadı.

Bunun yerine Paul'ün ayak bileklerini masanın soğuk metal çerçevesine bağladığını hissetti.

Rahatsız ve biraz korkutucuydu.

Her düğüm çok sıkıydı.

İp kalındı ve bu da derisini incitmişti.

Aynı işlem bileklerine de uygulandı.

Her bebek aynı şekilde metal çerçeveye bağlandı.

Bitirdiğinde ayak bilekleri ve bilekleri masaya sıkıca bağlanmıştı.

Çıplak karnıyla yüzüstü yatıyordu ve göğüsleri tahta yüzeye sertçe bastırıyordu.

Paul'e bedeni üzerinde mutlak bir güç verdiğini bilmek oldukça korkunç bir duyguydu.

Açıkça ve tamamen çaresizdi.

Bir şey çıplak poposuna çarptı.

Sert ama aynı zamanda yumuşaktı.

Ne olduğundan emin değildim.

Sonra Paul'ün parmaklarının sırtına sürttüğünü hissetti.

"Sana böyle dokunmamın bir sakıncası var mı?" diye sordu, cevabı biliyordu.

"HAYIR."

"Güzel. Cildini beğendim. Çok hassassın..."

Paul'ün eli her kıvrımı hissederek poposu üzerinde gezindi.

Güçlü elleriyle kalçalarının her birine masaj yaptı.

Sonra yine sert bir şeyin poposuna dokunduğunu hissetti.

Pürüzsüz kavisli bir yüzeyi vardı.

"Bu da ne?" diye sordu.

"Bu bir vibratör. Daha önce hiç kullandın mı?"

"HAYIR."

"Hissetmek ister misin?"

"Buna açığım."

"İyi bir kız."

Odada ani bir vızıltı duyuldu ve Cristina'nın omurgasında bir ürperti yarattı.

Vızıltıyı dinlerken gözleri yere sabitlenmişti.

Vızıltı klitorisinin ucuna değdiği anda vücudu şiddetle sarsıldı.

Acı vericiydi, kötü bir şekilde ve iyi bir şekilde.

İplere karşı savaşmaya çalıştı, ki bu işe yaramadı.

Vızıltı durdu.

"Bunu bitirelim mi?" diye sordu.

"Hayır. Lütfen, hayır. Hareket etmeyi bırakacağım."

"Kendine hakim ol Cristina."

Vibratör tekrar etkinleştirildiğinde vızıltı geri geldi.

Klitorisine dokundu ve Cristina hareketsiz kalmak için elinden geleni yaptı.

En hassas bölgesindeki titreşim hissini kabul ederken savaşma dürtüsüyle savaştı.

Parmaklarının şiddetle kıvrılmasına neden oldu.

Çenesi kapanırken dişlerini sıktı.

Yumruklarını sıkıca sıktı.

Klitorisine vibratörle işkence edilmesi beklediği son şeydi.

Vızıldadı ve vızıldadı.

Patlayacağını düşünene kadar vibratörün ucunu klitorisine bastırdı.

Acı içinde çığlık atmak üzereyken, Paul vibratörü hareket ettirdi ve amına itti.

Gerçeküstü bir duyguydu.

Ona parmaklarından başka bir şeyle girmeyeli uzun zaman olmuştu.

Amının içindeki titreşim, acı ve zevk karışımıydı.

Paul seks oyuncağını ustaca itti ve çekti.

Cristina çığlık atmamak için elinden geleni yaptı.

"Bununla eğleniyor musun?" şaka yollu sordu.

Christina'nın nefesi kesildi.

"Ben... ben... ah..."

"Evet veya hayır?"

"Evet! Tanrım, evet."

Paul, cihazı Cristina'nın amına daha fazla sokarak onun nefesinin daha çok kesilmesine neden oldu.

Vücuduna tamamen girdiğinde neredeyse nefesi kesilmişti.

Kolları ve bacakları iplere asıldı, ama boşuna.

Islak vajinasının içindeki güçlü vibratörle kapana kısılmıştı.

"Yakınsın?" diye sordu.

Kelimeler için mücadele etti.

"Evet neredeyse..."

"Benim için koş bebeğim."

Vibratör Cristina'nın amına acımasızca itildi ve çekildi.

Orgazmını her zaman kolaylaştıran vücudunu gevşetmeye çalıştı.

Vajinal kasları germek için elinden gelenin en iyisini yaptı ve Paul'ün istediğini yapmasına izin verdi.

Vibratör sayesinde orgazmı çok yakındı.

Ve daha önce hissettiklerinden farklı bir orgazmdı.

Titreşen bir nesne amına sokulurken bağlanıp şaplak atılması güçlü bir kombinasyondu.

Cristina'nın ayak parmakları daha çok büküldü ve yumrukları daha sıkı sıktı.

Vücudundaki her kas kasıldı.

Solukları ve inlemeleri daha da sertleşti.

"Aman Tanrım... Aman Tanrım... Aman Tanrım..."

Aniden cihaz daha yüksek bir hıza geçti ve titreşimler çok daha güçlü hale geldi.

Cristina, amına itilip çekilirken güçlü titreşimle çığlık attı.

Ağladı.

Daha sonra doruğa çıkarken kontrolsüz bir şekilde ağladı.

Amının içinden bir sıvı fışkırarak masayı dağıttı ve sert zeminde bir su birikintisi bıraktı.

Akışkanlar durana kadar güçlü vibratörden daha fazla itme geldi.

Paul vibratörü Cristina'nın amından çekti, bu da yüksek bir vızıltı çıkardı.

Sonra kapattı.

Vajinal saldırı nihayet sona erdiğinde, Cristina'nın vajinası sırılsıklam olmuştu.

Islaklığı küçük bir orgazm nehri gibiydi.

Amcığı vajinal sıvılarından parlıyordu.

Masa ıslaktı.

Ve sıvılar damlayan bir musluk gibi yere döküldü.

Yavaş yavaş sakinliğini geri kazanan Cristina'nın bilinci zar zor yerindeydi.

Hayatında yaşadığı açık ara en iyi orgazmdı.

Paul'ün ayak seslerinin kafasına yaklaştığını duydu.

Paul eğildi ve onun saçlarını öptü.

Paul'ün onu neden hala çözmediğini merak etti.

"Biz...biz...bittik..." konuşmayı başardı.

"Henüz değil. Verdiğin sözü hatırlıyor musun?"

"Hangisi?" inledi.

"Gelmeni sağlarsam iyiliğin karşılığını vereceğini söyledin. Peki orgazm nasıl hissettin?"

"Bir... kahrolası... inanılmaz," diye ağzından kaçırdı.

Paul ona gülümsedi.

yaptığın iyiliğe karşılık vermek ister misin ?"

"Evet efendim. Beni çözecek misiniz?"

"Seni bu pozisyonda seviyorum."

Cristina, Paul'ün pantolonunun açılma sesini duydu.

Paul'ün ne istediğini tam olarak biliyordu.

Hala yüzünün yanında duruyordu, bu da en azından o gün onu becermekle ilgilenmediği anlamına geliyordu.

Paul yüzüne yaklaştığında başını kaldırdı.

Sert aletinin doğrudan dudaklarını işaret ettiğini gördü.

Ne istediği belliydi.

Paul ileri doğru bir adım daha atıp dudaklarının arasına girerken , Cristina şehvet dolu bir yürekle nefesini tuttu.

Hissetme süreci ve uyum sağlamak için zaman yoktu.

Paul, Cristina'nın iyi bir denizaltının yapması gerektiği gibi emebilmesi için kalçalarını öne doğru itti.

"Aman Tanrım, melek gibi dudakların var," dedi, aletinde hissettiklerinden etkilenerek.

Oral seks hiçbir zaman Cristina'nın işi olmadı.

Bunda hiçbir zaman çok iyi olmadı ve bunu yapmak asla onun tercihi olmadı.

Ama Paul ile onu memnun etmeye can atıyordu.

Özellikle de vücudundan akan güçlü orgazm hissi ile.

Bedeni hala masaya bağlı olduğu için beceri eksikliği sorun değildi.

Paul , kalçalarını hafifçe bir yandan diğer yana iterek tüm işi yaptı.

İhtiyacı olan tek şey sevişmek için sıcak bir ağızdı.

Cristina'nın tek yapması gereken, dudaklarını Paul'ün sert organının etrafında sımsıkı tutup emmekti.

"Kahretsin, boşalacağım," diye homurdandı Paul. "Ve onu yutacaksın."

Cristina'nın komuta duygusu, anlayamadığı bir nedenle heyecan vericiydi.

Emerken Paul'ün ellerinin saçlarını okşadığını hissetti.

Uzuvunun ağzının içinde daha da katılaştığını hissetti.

Kendisine her zaman iyi hissettirdiği söylenen dilini üye üzerinde kullanmak için elinden gelenin en iyisini yaptı.

Horoz ağzına battı ve öğürmesine neden oldu.

Öğürme refleksi korkunçtu.

Ama Paul, Cristina'nın ne kadar dayanabileceğini hayal etti, bu yüzden asla fazla zorlamadı.

Bu bir profesyonelin işareti, diye düşündü kendi kendine.

Paul'ün ereksiyonunun ucu hâlâ ağzının içindeyken orgazm olmak için kendini okşamasını izledi.

Dudaklarını onun etrafında sıkı tuttu.

Paul onu öfkeyle okşarken homurdandı.

Saniyeler sonra dili Paul'ün menisiyle kaplandı.

Fışkırttıktan sonra fışkırt.

Farklı bir tadı vardı.

Ağzının taşmaması için güçlükle yutkundu.

Saniyeler sonra meni akışı durdu ve Cristina hepsini yuttu.

"Tanrım," dedi Paul, aletini ağzından çekerek. "Harikaydı. Böyle emmeyi nereden öğrendin?"

Pantolonunun fermuarını çekmek için ayağa kalkmadan önce bir an eğildi.

Sonra Cristina'yı çözmek için eğildi.

Serbest bırakıldığında, koyu kırmızı işaretler olan kendi bileklerini ve ayak bileklerini okşadı.

Hâlâ tamamen çıplak olduğunu ve artık umursamadığını çabucak fark etti.

Paul'ün önünde çıplak olmayı seviyordu.

Kendinden emin bir şekilde, "Tüm deneyimden gerçekten zevk aldım" dedi.

Paul onun boynuna dokundu ve alnını öptü, sonra yanaklarını daha çok öptü.

Sonunda saçlarına birkaç öpücük kondurdu.

"Ben de. Ortaklığımız harika olacak. Birlikte paylaşabileceğimiz tüm olasılıkları düşünün."

"Biliyorum."

"Gözlerimin önünde büyüyen bir kelebek gibisin" dedi.

"Hepsi senin yüzünden." dedi gülümseyerek. "Şimdi izin verirsen, öğle yemeği için çok özel bir şey yaptım. Buna bayılacaksın. Eminim iştahını açmışsındır, o yüzden gidip şimdi yapsam iyi olur."

Cristina ayağa kalktı ve çıplak bir şekilde kapıya yürüdü.

Yürüyüşünde güven vardı.

Çıplak olmayı seviyordu.

Eğlenceliydi.

Sıvılar bacaklarından aşağı damlıyordu.

Spermin tadı hâlâ ağzındaydı.

Sonra kapıya vardığında durdu ve çıplak vücuduyla gurur duyan Paul'e döndü.

Oturma odasındaki dağınıklık için endişelenmemesini, daha sonra temizleyeceğini söyledi.

Yeni keşfettiği görevlerinin bir parçasıydı.

SON

İTAATKAR KADIN ŞEF 2
UZMAN ŞEF

73

MİKHAEL

BÖLÜM I

Küçüklüğünden beri şef olmak istediğini biliyordu.

Bu hayali gerçekleştirmek için çok çalıştım ve sonunda istediğim her şeye sahip oldum.

Ama zirveye çıkmanın özel hayatım üzerinde yan etkileri oldu.

28 yaşında çok az arkadaşım var ve birkaç erkek arkadaşım olmasına rağmen hiçbirinin ciddi bir aşk ilgisi olmadı.

Michael ve ağabeyi Tony ile sık sık gittiğim yerel bir çiftçi pazarında tanıştım.

Bir gıda kamyonunun ortak sahibiydiler ve her hafta çiftçi pazarında dükkan açtılar.

Onlarla tanıştıktan yaklaşık bir yıl sonra Tony'ye yerel bir restoranda baş aşçı pozisyonu teklif edildi ve Michael yemek kamyonunu tek başına işletmek istemedi.

Geçenlerde restoranımdan bir şef başka bir şans elde etmek için ayrıldı.

Ben de onun yerine Michael'ı tuttum.

Başından beri birlikte çok iyi çalıştık.

Ondan çok etkilenmeme rağmen bir çalışma ilişkisini sürdürmeyi başardık.

Çoğu insan, Michael'ın görünüşte normal olduğunu söylerdi.

Ancak güzel olduğunu düşündüm.

Michael yaklaşık 1.80 boyunda ve belki de 85 kilo ağırlığında.

Kısa, dağınık, siyah saçları var.

Her zaman yarım sakalı vardır ve güzel ela gözleri vardır.

BÖLÜM II

Restoranı gece için kapattıktan sonra, Michael, ben ve restorandan birkaç kişi, işte geçen uzun bir günün ardından dinlenmek için sık sık dışarı çıkar, akşam yemeği yer ve şarap içerdik.

O gerçekten komik.

Bu yüzden umarım zamanı geldiğinde bırakabilirim.

Michael ve ben, fırsat buldukça, ara sıra gizlice kaçardık.

Onunla koşmayı seviyorum.

Sık sık gömleksizdir ve teri vücudunda parlar.

Terli vücudunda dilimi gezdirmeyi ne kadar çok isterdim diye düşünüyorum.

Sevişirken ikimizin de sıcak ve terli olduğunu hayal ediyorum.

Ama bu düşüncelerden kurtulmalı ve ona değil koşmaya odaklanmalıydım.

Birlikte çalıştığım ve aynı zamanda çalışanım olan biriyle bir ilişkiye karışamam.

Her neyse, benden hoşlanıp hoşlanmayacağını bilmiyorum.

1.60 boyundayım, yaklaşık 130 pound ağırlığındayım, omuz hizasında dalgalı saçlarım var, birkaç ben ve şimdi siyah çerçeveli gözlük takıyorum.

Kesinlikle çok zayıf değilim, sevimli olabilirim ama güzel değilim.

Ben her erkeğin hayali dediğin gibi değilim, en azından kendimi böyle gördüm.

Bir gün akşam yemeği için hazırlanıyorduk ve Michael bana çok iyi davranıyordu.

Restoranda hep şakalaşırdık ve iyi vakit geçirirdik ama bu gece farklıydı.

Bütün gece bana aşırı derecede dokunmak için sebepler buluyordu.

Yürümek yerine yanımda olan bir şeye ihtiyacı olursa, arkamdan gelir ve arkamı okşardı.

Bir keresinde karşı istasyonda çalışan başka bir şefle konuşurken arkamdan geldi ve o kadar yakınımdaydı ki vücut ısısını hissedebiliyordum.

Saçlarımı koklarken derin nefes aldığını duyabiliyordum.

Nefesini boynumda hissedebiliyordum, bu da tüm vücuduma ürperti gönderiyordu.

Başka bir sefer, benim gibi kısa boylu kızların ortak sorunu olan yüksek raflardaki bir şeye uzanıyordum ve bana yardım etmek için arkamdan gelip apış arasını kıçıma sürttü.

O sırada kendisine ne olduğundan emin değildi.

Ama bundan zevk alıyordum.

Mutfakta kendini bana zorladığını ve beni arkadan becerdiğini hayal ettim.

Bunu düşünmek bile beni ıslattı.

Bunu hissettiğimi bilmesine izin vermemeye çalıştım ve kimsenin fark etmemesi için dua ediyordum.

Mutfağın kontrolünü elimde tutmam gerekiyordu ve ne kadar çok yapmam gerekirse, akşam yemeğinde bu tabakları zamanında çıkarmaya odaklanmak o kadar zorlaşıyordu.

Her şeyin iyi ve zamanında servis edilmesiyle hizmeti geçmeyi başardım.

BÖLÜM III

Geceyi kapatıyorduk ve bir bulaşık makinesi olan Martin, temizliği bitirmek için Michael ve beni bırakarak dışarı çıktı.

Böylesine yoğun bir hizmetten sonra başım dönüyordu ve üstüne üstlük, Michael bütün gece elleri ve kasıkları üzerimdeydi.

Her neyse bunun neyle ilgili olduğunu merak ediyordum.

Daha önce benimle hiç bu kadar fiziksel olmamıştı.

Birbirimizle şakalaşıyor ve dalga geçiyoruz ama asla fiziksel bir şey değil.

Geceyi bitirdik ve en sevdiğimiz yerde diğer iş arkadaşlarımız ve şeflerle buluşup akşam yemeği yemek ve işten sonra takılmak için yola çıktık.

Sadece birkaç blok ötede olduğu için genellikle oraya yürüyerek giderdik .

Kapıyı kapattım ve ara sokakta yürümeye başladık ve konuşurken Michael'ın elini sırtıma koyduğunu hissettim.

Bu iyi, diye düşündüm, burada zararlı bir şey yok.

Muhtemelen sadece beni arıyor.

Yürümeye devam ettik ve eli popomun altına indi ve sıktı.

Ona döndüm ve bağırdım.

"Michael, ne yapıyorsun? Bütün gece beni yakaladın! Duracağını ya da belki de ne yaptığının farkında olmadığını düşünerek bunu görmezden gelmeye çalışıyordum. Ama bu... bu zaten "açık".

Ona en iyi bakışlarımla bakarak söyledim, şimdi bana cevap vermelisin.

Michael, davranışını açıklayacak kelimeleri bulmaya çalışıyormuş gibi etrafına bakındı.

Sonra nihayet konuştu.

"Cristina... Çiftçi pazarında tanıştığımızdan beri senden hoşlanıyorum. Ama bunu sana söyleyemedim. Benim gibi bir adama bir şans vereceğini düşünmemiştim." Michael açıkladı.

Sözünü keserek sordum:

"Yani kıçımı sıkarak benimle ilgilendiğini söyleyebileceğini mi düşündün?"

"Biliyorum, ama itaatkar bir tarafın olduğunu duydum, Cristina, bu yüzden kıçını okşuyordum." Durdu, sonra devam etti, "Ve bu sabah, koşumuzda o kadar azgın görünüyordun ki, seni parkta tenha bir yere götürüp orada becermek için elimden gelen her şeyi yaptım. Her zaman seni düşünüyorum. " "

yere serildim

Michael beni düşünüyor ve benimle sevişiyor mu?

Uysal olduğumu ve hükmetmeyi sevdiğimi fark ettin mi?

Nasıl olabilir?

Seksi olduğumu düşünüyor ve beni becermek mi istiyor?

Ve bunca zamandan sonra bana bunu mu söylüyorsun?

Aynı duyguları ona karşı saklıyordum çünkü reddedilmekten korkuyordum ve o da reddedilmekten korkuyordu.

İfadesinde kaybolmuş hissettim ama aynı zamanda özgürleşmiş hissettim.

Bunu yapabiliriz?

Michael beni kendine çekti ve gözlerimin içine baktı.

Sanki kabul ve onay arıyor gibiydi.

Ağzı çok lezzetli görünüyordu, gözleri ruhumun derinliklerinde yanıyordu.

Böylece oldu.

BÖLÜM IV

Michael elini saçlarımdan geçirdi ve beni kendine çekti ve öptü.

Uzun, sert, tutkulu ve çok ateşliydi.

Geri çekildim ve duygudan bayıldım.

Kalbimin çarptığını hissedebiliyordum.

"Michael, bunu çok uzun zamandır istiyordum. Tanıştığımız andan itibaren ben de senden hoşlandım ve bana bir şans vereceğini düşünmemiştim. Sonra o kadar iyi arkadaş olduk ki bunu mahvetmek istemedim. ." Söz konusu.

"Cristina, birlikte çalıştığın bu süre zarfında mutfakta sorumluluğu üstlendiğini, saygı talep ettiğini ve personelin sana bunu hak ettiğini gördüm. Herkes seni seviyor. Mutfağın kraliçesisin. Mükemmel bir Domme'sin . Çok sevimlisin ! Saçını sevimli küçük kulaklarının arkasına sıkıştırmana bayılıyorum. Etrafta kimsenin olmadığını veya seni dinlemediğini düşünürken kendi kendine şarkı söylemene ve dans etmene bayılıyorum."

Michael yalvardı.

"Lütfen kendini bu kadar küçük görme. Çünkü ben öyle düşünmüyorum."

Sonra ne yaptığımı anlamadan onu kendime çektim ve tekrar öpüşmeye başladık.

Ellerimiz birbirimizin üzerindeydi.

Artık karşı koyamadım.

Onu istiyordum.

buna ihtiyacım vardı

ŞİMDİ!!

Öpüşüp birbirimize dokunduğumuzda, Michael beni binanın arkasına doğru itti.

Kulağımı ve sonra boynumu öpüp yalarken şef ceketimi çıkardı.

Elleri pantolonuma gitti ve onları açıp yavaşça çözdü.

Kendimi toparlamak için ellerimi omuzlarına koydum.

Diz çöktü ve pantolonumu çıkarırken karnımı öptü, kalçalarıma kadar, sonra da baldırlarımın içini.

Sonunda pantolonumu çıkardı ve ceketimle birlikte fırlattı.

Aklım saatte bir mil hızla gidiyordu, kalbim hızlı atıyordu.

Sonunda bunun olacağına inanamıyordum.

Ve olabileceği onca yer arasında restoranın arkasında ve karanlık bir sokaktaydı.

Ama artık umurumda değildi.

Michael'ın içimde olmasını o kadar çok istiyordum ki .

Amım zonklamaya ve ıslanmaya başlamıştı.

Michael daha sonra bana vahşi gözlerle baktı ve şöyle dedi:

"Bu Cristina'dan emin misin? Ne zaman istersen durabiliriz. Sadece söyle, tamam mı?"

Nefesimi düzenlemeye çalışarak onu temin ettim:

"Hayatımda hiçbir şeyden bu kadar emin olmamıştım."

BÖLÜM V

Bacağımın içini öpmeye başladı.

Yumuşak ve yumuşak öpücüklerin izini bırakarak.

Islak kedime ulaştığında derin bir nefes aldı ve gülümsediğini görebildim.

Parmaklarını kırmızı külotumun altına geçirdi ve aşağıda onu bekleyen şeyin önüne geçmek için aşağı kaydırdı.

Sonra amımın her yerini öpmeye başladı ama henüz dokunmadı.

Benimle dalga geçerken eğlendiğini anlayabiliyordum.

Sonunda, bundan birkaç dakika sonra dilini ıslak amımın kıvrımları arasına soktu ve onu bekleyen sıvıları yaladı.

Ellerimi saçlarına koydum ve daha kolay ulaşabilmek için bacağımı bir omzunun üzerinden kaldırdı.

Çok iyi hissettirdi.

O benim amımı yiyordu.

Önce klitorisimi emme, sonra dilini anal deliğime sokma, sonra ıslak deliğimden klitorisime yalama ve yeniden başlama ritmine başladı.

Tekrar tekrar yaptı.

Çok iyi hissettirdi.

Dilimi ve parmaklarımı anüsün içine sokmak istedim.

Beni duvara dayadı ve beni sertçe zorladı, sikini sırtıma dayadı.

Ama daha önce hiç böyle yememiştim.

Michael çok iyiydi ve her dakikasından keyif aldım.

Gelene kadar daha ne kadar dayanabileceğimi bilmiyordum.

Sonra klitorisimi emerken parmağını içime soktu ve içeri ve dışarı kaydırdı.

Bu birkaç dakika daha devam etti.

Ve artık dayanamadım.

"Michael, durmazsan boşalacağım!"

Durmadı, yılmadı.

Gelmemi istediğini anladım.

Sonunda bıraktım.

"Aaahhhh, Michael'ı sikeyim!" Yüzüne geldiğimde inledim.

Zevk dalgaları üzerime akarken bedenim sarsıldı.

Michael bana sarılırken suyumun bir damlasını bile kaybetmedi.

başladığında göbek deliğime kadar öpmeye başladı, sonra siyah kaşkorsemi yavaşça çıkardı.

Birinin bizi dinleyeceğinden korkmaya başladım.

İki tarafa da baktım ama kimseyi göremedim.

Kırmızı sütyenimi çoktan çıkarmıştım.

C cup göğüslerim, onları sıkarken sıcak ellerine mükemmel bir şekilde oturuyor.

Dikleşmiş göğüs uçlarımı emmeye başladı.

Ara sıra onları hafifçe ısırıyor, amıma bir zevk ışını gönderiyordu.

Ben onun sırtını ve güzel poposunu kaşırken o iki göğüsümü de çalıştırdı.

Birbirimize nasıl hissettiğimizi anlatmak için neden bu kadar uzun süre beklediğimizi bilmiyorum ve şimdi düzüşmeye hazırlanan karanlık bir sokaktayız!

Bu benim için çok fazlaydı, ben de onu kendime çektim ve öptüm.

Ağzında benim tadımı alabiliyordu.

O tatlıydı ve onunla meyve sularımın tadını çıkarmak çok kirli ve heyecan vericiydi.

Kucağında kendimi kaybetmeye başladım.

Ruhlarımızın daha önce kimseyle hissetmediğim bir şekilde birbirine bağlı olduğunu hissettim.

Düşüncelerimi bölerek aniden beni döndürdü ve tuğla duvara baktı.

Kıçımı içeri soktum, kasıklarını sıktım ve en çok istediği şeyi yapması için yalvardım.

Bacaklarımı ayırdı ve pantolonunun düğmelerini açtı.

Onun büyük zonklayan horozunu kıçımdan yukarı ve aşağı ve sonra benim amıma sürttüğünü hissedebiliyordum.

Cinsiyetimin açılışında durmak.

" Michael lütfen beni arkamdan tut!" Ona yalvardım.

"İstediğin bu mu sürtük? Cristina, söyle bana, seni kıçından becermem için yalvar"

Yavaşça aletinin ucunu sıkı deliğime sokmaya başladı ve parmağını sıvılarımla ıslattı, sonra geri çekildi.

Benimle dalga geçiyor.

Saygısızlığı beni daha önce hiç olmadığı kadar tahrik etti.

"Evet lütfen Tanrım. Sik beni. Sert sik beni. Çok sert." Dedim ve biraz arkamı dönüp ona baktım.

Gözleri benim için tutku ve şehvetle doluydu.

Aniden tek hamlede bana çarptı.

Bana sahip olduğu her şeyi verdi, kıçımın içindeki sekiz santim!

Çok iyi hissettirdi.

İçimde ne kadar büyük ve acı verici hissettiğine inanamadım.

Beni tamamen dolduruyor.

"Aaahhhh siktir! Evet evet evet! Ver onu bana! Daha sert! Daha sert sik beni! Şaplak at!"

Beni duvara sertçe vururken kalçama tokat atmaya başladı.

Bana verdiği güçlü itmeyle siki neredeyse tamamen anüsüme kaydı.

Sonra içeride sadece kafasını bırakarak onu çıkarmaya başladı ve tekrar bana çarptı.

Bunu birkaç kez yaptı.

Gittikçe daha az acıtıyor ve zevk gittikçe daha inanılmaz hale geliyordu.

Bu güçle beni aldığına tutunmaya devam edebilmek için kollarımı duvara yasladım .

Bir eliyle belimi diğer eliyle omzumu tutarken beni sertçe sikmeye devam etti.

Sonra yavaşladı ve bir ritim başlattık.

Her itişini karşılayarak geri çekildim.

Hipnotikti ve çok iyi hissettiriyordu.

Daha sonra elini omzumdan çekti, klitorisime dokundu ve kıçımı sikmeye devam ederken onu çalıştırmaya başladı.

Tekrar koşacakmışım gibi hissettim.

Ama kaslarımın gerildiğini hissetmiş ve durmuş olmalı.

"Hala boşalamıyorsun kaltak, bu sefer Cristina seninle boşalmak istiyorum."

Michael , büyük aletini genişlemiş anüsümden çıkarırken kulağıma müstehcen sözler fısıldadı.

Sonra dizlerinin üzerine çöktü ve kıçımı öpmeye başladı, kıçımın başından başlayıp genişlemiş deliğime kadar.

Bu beni şaşırttı.

Önceki erkek arkadaşlarımdan veya şirketlerimden hiçbiri, sayıları ne kadar az olursa olsun, kıçımı öpmeye çalışmamıştı.

Ama bunun nasıl bir his olduğunu hep merak etmişimdir.

Şimdi şansım var.

Amımın ve ayrıca popomun kontrolünü tamamen ele geçirdi.

Diliyle anüsü çalıştırıyor, sonra bir parmağını sokuyor, sonra iki.

Onu hazırlamak için yavaş yavaş zamanını alıyor.

Uzandı ve klitorisimle oynamaya başladı.

Dizlerim zayıflıyordu.

Tüm bu uyarım harika hissettiriyordu ama aynı zamanda bunaltıcıydı.

"Michael, lütfen! Buna daha fazla dayanamayacağım. Elindekini ver ve gelmemi sağla!" Yalvardım, şehvetle nefesim kesildi. "Ama zorlaştır, bana hükmetmeni istiyorum. Benimle istediğini yap."

Michael hayretle bana baktı ve bana istediğimi, ikimizin de istediğini verdi.

İlk önce tekrar yağlamak için sikini ıslak kedime koydu.

Ve sonra tekrar deliğimde hissedebiliyordum. Başını hızla içeri itti ve hazır olmasını beklemeden tüm organını içime soktu. Zaten çok acıyordu ama kahretsin, çok iyi hissettiriyordu.

Gerildiğimi hissetti ve hızla ileri geri sallanmaya başladı, bana her seferinde daha fazla derinlik verdi.

Güçleniyor, vahşileşiyor.

Çok sıcaktı.

Tekrar şaplak attığını, büyük aletini içime her soktuğunda bana tokat attığını hissettim.

Enfes hissettirdi!

Gerildiğimi hissetti ve beni daha da sert sikmeye başladı.

Belimi iki eliyle tutarak, taşaklarının ıslak amıma çarptığını hissedene kadar içime daha derine girdi.

Çok iyi hissettirdi.

Hızlandık ve her şeyi alıyordu.

Kendimi çok dolu hissettim.

Cezalandırılmış, kızarmış kıçımı tekrar tekrar tokatladı.

" Ooooohhhh...Aaahhhh...Michael'ı sikeyim...ne kadar sert bir aletin var. Çok iyi hissettiriyor, lütfen durma." Ona yalvardım.

"Sürtük, yakın zamanda durmayı düşünmüyorum. Kendini çok iyi hissediyorsun ve bunun için uzun zamandır bekliyorum. Sen bayılana kadar seni becereceğim." Ne, Michael bana bir kez daha şaplak atarken fısıldadı.

Ama onun sözleri tetikleyiciydi.

Beni daha da sert sikmeye ve tekrar klitorisimle oynamaya başladı.

Daha fazla bekleyemedim ve sert bir şekilde boşalmaya başladım.

Ağzımdan tutarlı olduğundan bile emin olmadığım kelimeler çıkıyordu.

Daha hızlı pompaladığını ve aletinin kıçımın içinde şiştiğini hissedebiliyordum.

Daha sonra yükünü kıçıma bıraktı, doldurdu.

Sonra kıçımdan sızıyor, kalçalarımdan aşağı akan sıvılarımla karışıyor.

Hepsinin içime girmesine izin vermek için birkaç kez daha pompaladı .

Vücudum enfes bir zevkle kıvrandı.

İkimiz de uzun zamandır beklediğimiz orgazmlarımızın tadını çıkardıktan sonra yere düştük.

Kucağına oturdum ve yüzünü öpmeye çalıştım.

O benim gözlerime baktı, ben de onun güzel ela gözlerine.

İkimiz de az önce yaptığımız şeye inanamadık.

Yavaşça kıçımdan kaydı.

BÖLÜM VI

Bir süre sonra Michael saçımı kulağımın arkasına sıkıştırdı ve şöyle dedi:

"Cristina, sana nasıl hissettiğimi söylemem bu kadar uzun sürdüğü için çok üzgünüm. Ama benim hakkımda aynı şekilde hissetmene sevindim. Hiç kimseye karşı senin kadar böyle hissetmemiştim."

Daha önce hiç bu kadar mutlu ve anlayışlı hissetmediğim için gözyaşlarım yüzümden aşağı akmaya başladığında, söyleyebileceğim tek şeyi söyledim.

"Ben de aynı şeyi hissediyorum!"

Arka sokaktan birinin geldiğini duyana kadar birkaç dakika daha birbirimize sarılarak oturduk.

acele ettik ve kimse bizi görmeden diğer tarafa koştuk, çatırdıyorduk.

Arkadaşlarımızla takılmak için restorana gittiğimizde herkes şimdiden çok heyecanlıydı.

Nerede olduğumuzu sordular ve bir bahane bulduk.

Yüzlerimizdeki aptal sırıtışları fark ettiklerini veya birbirimizi iyice becerdiğimizi fark ettiklerini sanmıyorum.

Tekrar bu kadar zor yapmak için eve, Michael'ın yanına gitmek için sabırsızlanıyorum.

SON

İTAATKAR KADIN ŞEF 3

95

95

LİDYA

BÖLÜM I

Son birkaç haftadır her şey bir kasırga oldu.

Birkaç hafta önce Michael'la sadece hayal gücümde sevişiyordum.

Ama Michael'ın restoranın arkasındaki ara sokakta benimle ilk cinsel karşılaşmasından bu yana her şey değişmişti.

Bir zamanlar sadece rüyalarımda olan şey, şimdi gerçek hayatta birçok kez oluyordu.

Harika ve baskın seksin yanı sıra, Michael bana kendimi daha önce hiç olmadığı kadar özel, güzel ve arzulanmış hissettiriyor.

Beni çok seven büyük bir aileden geliyorum.

Ama beni sevmeleri ve güzel olduğumu söylemeleri gerekiyor.

Michael'ın söylemesine gerek yok!

Onun için özel bir kız olduğumu bildiğinden emin oluyor .

Michael ve ben birlikte olabildiğince çok zaman geçiriyoruz.

Neredeyse her gece birbirimizin dairesinde uyuyoruz.

Aslında, şu anda burada benim evimde.

Hala yatağımda uyuyor.

Restoranda uzun ve yoğun bir gece geçirdik.

Genelde yaptığımız gibi daha sonra başkalarıyla dışarı çıkmayı ihmal ederiz.

Ayrıca işte, arkadaşlarımız ve ailemizle olan aşkımızı gizli tutmayı başardık.

Çalıştığım kimseyle bir ilişki yaşamayı planlamadım.

Bunun işe yarayacağından emin olmak istiyorum ama şef olarak yetkimi nasıl etkileyeceğinden emin değilim.

Bu yüzden herkesin bilmesini sağlamaya hazır olana kadar dikkatli olmak istiyorum.

BÖLÜM II

Sabahın sekizi ve ona çocukluğundan beri en sevdiği kahvaltıyı yapıyorum, sadece kişisel bir dokunuşla.

Bu, muz, ananas ve cevizle birleştirilmiş, çırpılmış krema ve yanında sosisle kaplanmış krepleri içerir.

Ve kahve yaptım.

Kahvaltıdan gelen tüm kokular havada karışıyor ve burası çok güzel kokuyor!

Onun tişörtü ve gözlüğümden başka bir şey giymiyorum tabii ki.

Saçım dün geceki büyük sevişmemizden dolayı dağınık ama parmaklarımı biraz evcilleştirmeye çalışıyorum.

Spotify'da çalan favori grubum var

En sevdiğim şarkılardan biri tüm mutfakta çalıyor.

Şarkının yürek burkan sözlerinde kendimi kaybederek bir o yana bir bu yana sallanıyorum.

"Sadece bilmeni istediğimi biliyorsun. Bilmemi istemediğin her şeyi biliyorum. Ağzın zehirli, ağzın şarap gibi. Sen rüyalarının benimkilerle aynı olduğunu düşünüyorsun... Ah, bilmiyorum. "biliyorum. hayır seni seviyorum ama yarın seveceğim. seni sevmiyorum ama gelecekte seveceğim..."

"Bir erkek sabah ilk iş olarak daha ne isteyebilir ki?" Michael arkamdan beni şaşırtarak konuşuyor. "Kahvaltı, kahve ve tişörtümde seksi bir kız," diye ıslık çalıyor bana.

Arkamı döndüğümde Michael'ın mutfak kapısında siyah ve gri pantolonuyla dikildiğini ve yüzünde sinsi bir ifade olduğunu görüyorum.

Gözleri şehvetle dolu, ateş gibi parlıyordu.

Yumuşacık, tatlı dudakları hafifçe aralandı, yutulmaya hazırdı.

Çok iyi tanıdığım lezzetli bir yere giden komik çıkıntısını görebiliyorum.

Ona ilahi bir şekilde bakarken ağzım kurudu.

"Hazır mı? Tanrım, ben çok açım." Yüzünde şeytani bir gülümsemeyle söylüyor.

Şu an neye aç olduğumu çok iyi biliyor ve bu yemek değil.

Ve iki kişi bu oyunu oynayabilir.

"Kahvaltıdan bahsediyorsan, evet." Dönüp tabaklarımızı ve kahve fincanlarımızı yerleştirmeye başlarken ona söylüyorum. "İyi uyudun mu? Uyuduğumu biliyorum. Sen benim yatağımdayken her zaman daha iyi uyurum. Özellikle iyi bir seksten sonra!"

"Böyle mi yapıyorsun? Dün gece çok iyi uyumuş olmalısın." Bana göz kırparak ve çarpık bir gülümsemeyle anlatıyor.

Vay canına, ağzına ve onunla yaptığı şeylere bayılıyorum.

Michael'ın oturmakta olduğu küçük mutfak adasına yürüdüm ve onunla kahvelerimizi, ardından krep ve sosis tabaklarımızı yedik.

Oturduğumda popomla ona hafifçe dokunduğumdan emin oldum.

"Aslında dün gece çok iyi uyudum, çok teşekkür ederim. Şimdi ye, aç adamım!"

Ara sıra hafifçe dokunarak yan yana oturuyoruz.

alıp kreplerimi kaplayan çırpılmış kremanın üzerine sürükledim ve sürekli onu izleyerek yavaşça yaladım.

Kıpırdadığını görebiliyordum ve ona yaklaştığımı biliyordum.

Ancak Michael bunu saklamaya çalışıyordu.

Sosislerimden birini aldım ve suyunu emmeye başladım.

Onunla dalga geçmenin her cazip anından zevk alıyordum.

Bu, Michael daha fazla dayanamayana kadar birkaç dakika daha devam etti.

Michael ayağa kalktı ve bacaklarımın arasında durup gözlerimin içine bakabilmesi için beni taburede döndürdü.

Çok heyecanlı olduğunu görebiliyordum.

Ereksiyonu pijama pantolonundan dışarı fırlıyordu ve şimdi ıslak olan amcığıma gittikçe yaklaşıyordu.

Elini yüzüme doğru götürmeye başladı.

Beni öpmeden önce yaptığı gibi saçımı kulağımın arkasına sıkıştıracağını düşündüm.

İlerlemeye devam etmesine şaşırdım.

Eğilip kreplerimden çırpılmış kremadan biraz aldı ve parmak uçlarını ağzıma götürdü.

"Aç," diye talep ediyor Michael.

Hakim olduğu zaman çok ateşli.

Ağzımı açıyorum ve parmağını kaydırıyor.

"Şimdi berbat." Sert sesiyle devam ediyor.

Bana söylediği gibi yapıyorum ve parmağını yalamaya ve emmeye başlıyorum.

Tadı tatlıydı.

Michael diğer elini kalçamda aşağı yukarı gezdirdi.

Giderek daha acı verici kadınlığıma yaklaşıyordu.

Parmağına biraz daha krem şanti sürüyor.

Bu kez kulağımın altına yerleştirdikten sonra çok yumuşak diliyle yaladı.

"Kollarını kaldır". Micheal bana söylüyor.

Yine onun istediğini yapıyorum.

Sonra gömleğimi kollarımdan çekip bir kenara fırlattı.

Beni tamamen açıkta bırakarak.

C cup göğüslerim artık çıplak ve tavan vantilatöründen gelen soğuk hava onları okşarken göğüs uçlarım sertleşiyor.

Uçan küçük kuş dövmesi olan köprücük kemiğime krem şanti sürmeye devam ediyor.

Sonra krem şantiyi yalıyor ve ardından her bir kuşu öpüyor.

Bu beni gülümsetiyor.

Sonra Michael benim şımarık beyaz göğüslerime doğru ilerliyor.

Her meme ucuyla dalga geçerek, birbiri ardına yalayıp emerek zamanını alıyor.

Göğüslerimin üzerindeki ağzı nefis bir his veriyor ve o nazikçe onları ısırırken inlemeye başlıyorum.

Ellerini nazikçe bacaklarımın iç kısmına sürmeye devam ediyor, bu da tüm vücudumun tüylerimin diken diken olmasına neden oluyor.

Sonra beni belimden kavradı ve beni tezgaha kaldırdı.

Bir ara tabağımı hareket ettirmiş olmalı, ben bunu fark etmemiştim bile.

Sonra tekrar parmağına krem şanti sürüyor.

Bana yumuşak, nazik bir öpücük veriyor.

Bu sefer parmağıyla nereye gideceği düşüncesiyle yalpaladım.

Sonra yavaşça benim sıkı sıcak kedi içine kaydırır.

Ancak, bu oyunla çok şaka yapıyor.

Kontrolü kaybetmemek içimdeki tüm gücü alıyor.

Ama sonunda, onun ritmine yenik düştüm ve amcığıma mastürbasyon yapmasına izin verdim.

Michael diliyle ağzımı işgal etmeye devam ederken ellerimi saçlarına doladım.

Alt dudağını ısırıp çekmeye başladım.

inlediğini duyuyorum.

Michael başka bir parmağını kaydırdı ve onları daha hızlı pompalamaya başladı ve başparmağını klitorisim üzerinde çalışmak için kullandı.

Bu inanılmaz!

"Michael! Bu çok iyi hissettiriyor. Evet... Böyle devam et." Ona yalvardım.

Ellerimden birini alıp parmak uçlarımla boynunu, omzunu, göğsünü yavaşça takip ediyorum.

Elimi aşağı doğru takip etmeye devam et.

Beni sevdiğim o yere götüren o seksi yoldan aşağı!

Pijama pantolonunun ipini çözdüm ve yere düşerken yavaşça çekiştirdim.

Michael onlardan kurtulur ve onları tekmeler.

Mükemmel kıçını okşamaya başladım.

Tırnaklarımı sırtında gezdirdim ve tekrar mutlu yolu bulmak için aşağı indim.

Bu sefer onu sonuna kadar takip ettim ve küçük ellerimi onun büyük sert aletine sardım ve pompalamaya başladım.

Şişman organını ne kadar hızlı pompalarsam, parmakları amımda o kadar hızlı çalışır.

" Cristina çok seksisin. Bunu biliyorsun değil mi?" Öpüşmeye devam ettiğimizi ve beni becermeye ve klitorisimle oynamaya devam ettiğini söyledi.

"Evet, buna inanmaya başlıyorum. Ama beni seksi hissettiriyorsun." İçimde büyüdüğünü hissettiğim bir orgazmı geciktirmek için mücadele ederken itiraf ettim.

Michael, parmaklarını hızla geri çektiği ve orgazm olurken yüzünü benim amıma gömdüğü için gelmek üzere olduğumu hissetmiş olmalı.

Klitorisimi sertçe emiyordu ve dilini dudaklarımda çalışıyordu.

Boşalmaya başladığımda, benden akan suları yalamaya devam etti.

Ben ecstasy içinde ağlarken benim pislik yerinde onu tutarak, kafasına sarıldı.

Vücudum zevk dalgaları vücudumu yıkarken vücudum kıvranmaya başladığında yalamaya ve emmeye devam etti.

BÖLÜM III

Vücudum sakinleşmeye başladığında, Michael gözlerinde bir parıltı ve yüzünde kocaman bir gülümsemeyle bana baktı ve şöyle dedi:

"Benim sıram!"

Michael beni belimden tuttu ve tezgahtan kaldırdı.

Tabureye oturmadan önce ayaklarımın üzerinde sabit durduğumdan emin olmak.

"Benim için bir zevk olur, efendim!" dedim mahcup bir şekilde, onun üzerine dizlerimin üstüne çökmeye başlarken.

Kocaman aletini küçük elimde tuttum ve sonra krem şantiyi hatırladım.

Bence önceki oyun için intikam alması gerekiyor.

Kalkıyorum ve beni tutuyor.

"Nereye gittiğini düşünüyorsun?" Bana der ki.

"Senin aletinden daha fazlasına aç olduğuma karar verdim." O tabağındaki krem şantiyi ararken gülümseyerek cevap verdim.

"Oooooohhhh, bu aynı anda hem dayanılmaz hem de harika olacak. Çok yaramazsın." Michael, tezgaha yaslanarak cevap verdi.

Sonra ağzına biraz çırpılmış krema koydum ve onu nazikçe öptüm ve kalan dudaklarını yaladım.

Sonra meme uçlarına biraz sürdüm ve emdim.

devam ederek göbeğine biraz sürdüm ve yalayarak temizledim.

Daha sonra biraz daha çırpılmış krema alıp yolun tüm uzunluğu boyunca sürdüm, bu da beni mutlu yerime getirdi!

Kendimi onun büyük güzel horozunda bulana kadar yavaşça onu ileri geri, yukarı ve aşağı yalamaya başladım.

Şimdiye kadar Michael inliyor ve beni tekmeliyordu, ama onunla işim henüz bitmedi.

Krem şantiden biraz daha alıp penisinin ucuna, şaftına ve tabanına hafifçe sürüyorum.

Taşaklarını tutup yalamaya başlarken onu orada bırakıyorum.

Bana bakmasını izlerken her bir topu emiyordum.

Gözlerinde yeterince işkence gördüğünü görebiliyorum, bu yüzden artık kaba olmayacağım.

Sonunda benden ne yapmamı istediğine, bana gözleriyle ne yalvardığına dikkat ediyorum.

Tabandan başlayarak, büyük bir yalamayla tüm çırpılmış kremayı ağzıma alıyorum.

Sonra yavaşça ağzımı onun etrafına sardım ve üyenin çoğunu ilk seferde ağzıma aldım.

Sonra bir süre tek başıma kafamı emmeye başlıyorum.

"Siktir bebeğim! Benim için fazla iyisin! Ağzın harika!"

Ben onu, tüm üyeyi tekrar ağzıma götürmeden önce Michael zar zor konuşabiliyor.

Bu yüzden onun büyük aletine bir saldırı başlatıyorum.

Emme ve tekrar tekrar onun büyük horoz yalama.

Acımasızım, orgazmın eşiğine getiriyorum sonra bırakıyorum.

"Ne yapıyorsun? Neredeyse geliyordum! Durma." Yanan gözlerle söyledi.

"Artık aç mıyım bilmiyorum. Bitirmemi istiyorsan bana yalvarmalısın." Dilimi hafifçe aletinin ucunda gezdirirken açıkladım. "Daha fazla ister misin?"

"Evet, boşalmamı sağlayana kadar büyük şişman sikimi emmeni istiyorum, sonra da boşalmamı içip her damlasını yutmanı istiyorum!" O emretti.

Sonra usulca devam etti:

"Lütfen ve teşekkür ederim!"

"Tamam, madem çok güzel söyledin, sana istediğini vereceğim."

Ben de onun aletini tekrar emmeye başladım.

Beni öğürttüğü için taşaklarına iniyordum.

Mide bulantısını kontrol altına almayı başardığım ve onun büyük aletine geri döndüğüm için çok gurur duydum.

Michael ayağa kalktı ve başımı tuttu ve yüzümü becerirken boğazımın arkasına vurduğunu hissedebiliyordum.

Kalçasını tuttum ve daha hızlı giderken tuttum.

Ağzımda şişmeye başladığını hissedebiliyordum.

Kargosunu havaya uçurmaya hazırlandığını biliyordum, bu yüzden sıkı tuttum.

"Oohhh, evet, Cristina'yı sikeyim!" Yükünü büyük bir güçle ağzıma uçururken çığlık attı.

Tüm spermini alıp yuttuğum gibi, Michael homurdandı ve emretti:

"Doğru, uslu bir kız ol ve hepsini yut bebeğim"

Boşalması için bekleyen ağzıma cumunun son kısmı sızarken birkaç kez daha pompaladı.

Beni ayağa kaldırdı.

Kendi kendime düşündüm, bu iyi yapılmış bir oral seksti.

Eminim çok keyif almışsındır.

Michael başımı kaldırdı ve beni şefkatle öptü ve hafifçe sırtımı ve omuzlarımı ovuşturdu.

Sonra, kıçıma sert bir tokat atarak bana şöyle dedi:

"Sen çok kötü bir kızsın, yaptığın gibi benimle alay ediyorsun. Ama sana başka türlü sahip olmazdım."

"Ben de sana aynısını söylüyorum tatlım. Seni seviyorum." Kıçımdaki kaşıntıyı ovuştururken kulağına fısıldadım. "Kahvaltıyı bitireceğim."

Sonra onu yanağından öptüm ve kahvaltıyı bitirdik.

BÖLÜM IV

Birlikte olduğumuzdan beri çoğu gün böyleydi.

Oyuncuyduk ve birbirimizle şakalaşmayı severdik.

Ama aynı zamanda ciddi ve hassas da olabiliriz.

Bence bir çifti harika yapan şey çeşitlilik ve eğlence.

En azından benim sınırlı deneyimime göre, aramızda işe yarayan şey bu.

O günün ilerleyen saatlerinde Michael ve ben iş gününe hazırlanmak için restorana gittik.

Bulutların arasındaydım.

Önce bir önceki geceki harika sevişmemizden, şimdi de geçirdiğimiz eğlenceli sabahtan.

Gülümsemeden edemedim.

Hayatımda hiç bu kadar mutlu olmamıştım.

Akşam yemeği için yemekleri hazırladıktan sonra sıra garsonlara bu akşamki menüyü tanıtmaya geldi.

Yemek odasına çıktığımda birden durdum.

Orada, personelin geri kalanı ve sahibiyle birlikte masada yeni bir garson oturuyordu.

Uzun boyluydu ve atletik yapısından kendine çok iyi baktığını söyleyebilirim.

Okyanusa benzeyen koyu mavi gözleri, yakut kırmızısı dudakları ve uzun kıvırcık sarı saçları var.

Hemen kızardığımı hissettim.

Onlara akşam yemeği menüsünü anlatabilmek için kendimi toparlamam gerekiyordu.

Personele çeşitli yemekleri açıklarken ve hepsini aldıkça yeni garsona bakmamaya çalıştı.

Ama yemek çatalımı ağzına sokmasını ve onun tadını çıkarmasını izlemek çok sıcaktı.

Ağzına ve birkaç ısırıktan sonra dudaklarını yalama şekline çekildim.

Gözlerini kapatması, hafifçe inlemesi ve başını geriye atması çok sıcaktı.

Sanki bilerek seksi olmaya çalışıyordu.

Sonunda her şeyi denemişler ve ilk elden deneyimle müşterilerle bu akşamki menü hakkında konuşabilmişlerdi.

Mekanın önünden yeterince hızlı çıkamadı.

Bu yüzden biraz soğumak için arka kapıdan çıktım... sonra... şey, her neyse.

Biraz fırçalamaya karar verdim.

Belki de sadece hormonlarım falandır.

Bu büyük bir şey değil.

Daha sonra yoğun hizmetimize başlamak için içeri geri döndüm.

Akşam yemeği için dışarı çıkıp restoranda her zamanki arkadaş ve iş arkadaşları kalabalığıyla tanışmak için sabırsızlanıyordum.

Sinirleri yüzeydeydi ve dinlenmeye ihtiyacı vardı.

BÖLÜM V

Gecenin sonunda Michael beni öptü ve bu akşam restorana yemeğe gitmeyeceğini söyledi.

Sabah yapacak işleri vardı ve erkenden yatması gerekiyordu.

Bu yüzden restorana yalnız gittim.

Tipik altmışlar tarzı restoranınız.

Rastgele müzik çalan bir vinil kayıt makineleri var.

Ve en iyi hamburger ve patates kızartmasına sahipler!

Uzun ve yoğun bir geceden sonra gerçekten orayı vurur.

Oraya vardığımda her şey oldukça ölüydü.

Burada müdavim olan birkaç yaşlı adam vardı, tezgahta kahve içip pasta yiyorlardı.

Bir köşede daha önce görmediğim birkaç genç vardı.

Sonra bizim çılgın grubumuz vardı.

"Herkese merhaba!" Onları normal masamızda gördüğümde kapıdan onlara bağırdım.

Hepsi oradaydı.

Michael'ın erkek kardeşi Tony, başka bir restoranın şefi olan Frankie, hem restorandan bir aşçı olan John ve hem de bir garson olan Julia... ve... Aman Tanrım, bu o!

Bu yeni garson.

Nasıl, neden, ne...

Yanaklarımın ısınmaya ve amımın karıncalanmaya başladığını hissetmeye başladığımda düşüncelerimi bile tamamlayamıyorum.

Sanırım Julia onu gelmesi için davet etmiş olmalı.

Bu ilginç bir gece olacak.

Bunun nasıl gittiğini görelim.

Umarım gülünç değilimdir.

Oturacak yer ararken bütün bunları düşünüyorum.

Sonra yeni kız ayağa kalkar.

"Merhaba, benim adım Lydia, yeni kız. İstersen yanıma oturabilirsin." Güney aksanıyla ve hoş bir gülümsemeyle anlatıyor.

Benimle konuşurken ağzına bakıyorum.

Sonra elimi tuttu ve beni yavaşça masaya çekti.

"Tabii, sanırım. Seninle resmen tanıştığıma memnun oldum Lydia. Ben Cristina." Ona söyledim.

Lydia'nın oturduğu büyük köşe dolabına girdim ve o da yanıma oturdu.

Michael'ın kardeşi Tony sağ tarafımda, Lydia ise sol tarafımda.

Frankie, John ve Julia önümde.

Hepimiz yiyecek ve içeceklerimizi sipariş ettik.

Lydia bize ondan bahsediyor.

Aksanından belli olan güneyli bir yer.

Özel hayatında pek çok yoğun ilgiyle dolu küçük kasabasından çıkmak için buraya taşındı.

İnsanların her işini bilmesinden hoşlanmaz, dedi.

Sonra elini hemen bacağıma koydu ve sıktı, bu tabii ki tüylerimi ürpertti.

Ne demeye çalışıyor?

Bana öyle geliyor ki burada bir yerlerde gizli bir mesaj var.

Genel olarak iş ve yaşam hakkında konuşuyoruz.

Sonra Frankie bize yakın zamanda çıktığı bir kız hakkında korkunç bir şekilde ters giden komik bir hikaye anlatmaya başlar.

Frankie hikayesini anlatırken, Lydia elini bacağıma sürtmeye başladı.

Yukarı ve aşağı yavaşça iç uyluklarıma yaklaşıyor ve sonra şimdi ıslak amcığıma yaklaşıyor.

Tanrım, dokunuşu çok iyi hissettiriyor.

Etrafıma bakıyorum ve ne yaptıklarını fark eden var mı diye bakıyorum ama fark etmiyorlar.

Tanrıya şükür.

Ama nasıl böyle hissedebilirim?

Michael'ı seviyorum ve kadınlardan hoşlanmadığımı sanıyordum.

Ama şu anda beni çok ateşledi.

Onu yatağımda hayal edip duruyorum, beni öpüyor... beni yalıyor...

"Vay canına! Bunların hepsi çok iyi görünüyor çocuklar. Hepiniz harika bir yer bulmuşsunuz!" Lydia, yemeğin gelişiyle düşüncelerimi bölerek, dedi.

Yemeğin geldiğini duyunca rahatlayarak hamburgerimi ve patates kızartmamı yemeye başladım.

Keşke Lydia beni şimdi rahat bıraksa.

Ancak durum böyle değil.

Artık eli bacağımda olmasa da parmaklarındaki suyu ve tuzu çok yavaş yalıyor.

Frankie ve Tony'nin ona baktığını fark ettim.

Yani kız emiyor ve parmak yemek yapıyor.

Bize çılgınca emme becerileri olduğunu gösteriyor ve şimdi bunlar aşikar.

Beni çok şaşırttı ve heyecanlandırdı.

Yemeğimi zar zor yiyebiliyorum.

Sonunda herkesin işi biter ve Frankie, Lydia'yı onunla birlikte gitmeye ikna etmeye çalışır.

Ancak Lydia, güneyli çekiciliğiyle onu reddeder.

Böylece o ve Tony, Lydia'nın az önce sergilediği o gösteriden sonra biraz can sıkıcı görünen bir şeyle ayrılırlar.

Julia, John'a bakar, birkaç aydır birlikteler ve şöyle diyor:

"Benim evime gitmeye hazır mısın? Hazır olduğumu biliyorum!" Gözlerinde net bir vaatle söylüyor.

Sonra birlikte ayrılırlar.

"Pekala, Lydia, ben eve gidiyorum. Seninle takılmak güzeldi. Bize geri dönmelisin . Bence başarılı oldun!" Ona söyledim.

Kabinden çıkıp kapıya yöneliyorum.

"Evet, sanırım geri geleceğim. Buraya kadar yürüdün mü? Öyleyse ben de seninle gelebilirim. Restorana çok yakın oturuyorum ama gecenin bu saatinde yalnız olmayı gerçekten sevmiyorum. ." Lydia beni restorandan çıkarken takip ederken bana itiraf ediyor.

Korkmuş görünüyor ama orada başka bir şey var ama ne olduğundan emin değilim.

"Tabii, restorandan bir blok ötede yaşıyorum, yani bu mükemmel." Ona söyledim.

Sonra elimi tuttu ve teşekkür etti.

Yürürken, bana memleketindeki ailesi hakkında daha çok şey anlatıyor.

Ben de ona benimkini anlatıyorum.

Büyürken oldukça benzer hayatlarımız vardı.

Küçük kasaba hayatından anlayan biriyle bu konuları konuşmak gerçekten güzel.

Evinin önüne geldiğimizde elimi bıraktı ve bana dönerek ellerini belime doladı ve şöyle dedi:

"Pekala Cristina, beni eve bıraktığın için teşekkürler. Seninle konuşmak ve seni daha yakından tanımak güzeldi. Yine de seni daha iyi tanımak isterim."

Sonra eğilip beni öpüyor.

Ağzı tahmin ettiğim gibi yumuşak ve nazikti.

Onu içeri davet etmek için açtığımda dili ağzımı işgal etti.

Tadı kiraz gibi.

Kendimi öpücüğünde kaybediyorum .

Elleri kıçıma dokunuyor ve beni ona doğru itiyor.

Ama hızla gerçeğe dönüyorum ve ne yaptığımın farkına varıyorum.

Bunu yapamam, Michael'a değil.

Ben de uzaklaşıp ona şunu söylüyorum:

"Sana ayak falan verdiğim için üzgünüm ama çok sevdiğim bir erkek arkadaşım var ve bunu ona yapamam. Bence sen güzelsin ve gerçekten hoşsun. Ama... ben sadece yapabilirim" T."

"Cristina, sen çok hoş bir kızsın ve birini görmene şaşırmadım. Gerçekten görmeseydin şaşırırdım." Lydia bana cevap veriyor.

Ne düşüneceğimi bilmiyorum.

"Eğer biriyle birlikte olduğumu biliyorsan neden benimle dalga geçiyorsun?"

Geri çekilmeni rica ediyorum.

"Cristina, menünün tadımı sırasında bana verdiğin tepkiyi fark ettim. Beni izlediğini ve nasıl kızardığını gördüm. Sonra restoranda bacağını ovmama izin verdin."

Parmağını dudaklarımın üzerinde gezdirmeye başladı.

Ardından devam edin:

"Beni düşündüğünü biliyorum. Sana ne yapmamı istediğini düşünüyordun. Seni böyle öpmemi istedin."

Sonra boynuma bir öpücük konduruyor.

"Sana dokunmamı ister misin?"

Sonra ellerinden birini neredeyse benim amımın içine sokuyor.

"Seni burada yalamamı ister misin?"

Daha sonra diğer elini amımın üzerine koydu ve okşamaya başladı.

Bana yaptıklarından zevk alıyorum.

Boynumu öpüyorum, kıçımla oynuyorum ve şimdi de amımla!

Çok iyi hissettiriyor ama aynı zamanda yaramaz ve cesur.

"Beni istediğini biliyorum Cristina ve bırak gitsin sorun yok. Lütfen benimle gel. Sana istemediğin hiçbir şeyi yaptırmayacağım. Söz veriyorum."

Elimi tutuyor ve ben de onu takip ediyorum.

Sanki sözleri beni büyüledi.

Şu anda beni çok ateşledi.

Ben onun elinde bir macun.

BÖLÜM VI

Dairesine gidiyoruz ve biraz müzik açıyor.

30 Seconds to Mars'tı, en sevdiğim grup!

İnanamadım.

Şarkı "The Kill" idi.

Ses oturma odasını dolduruyor.

Gözlerimi kapatıyorum ve şarkı sözlerine göre ileri geri sallanmaya başlıyorum.

"Bu şarkıyı seviyor musun Cristina?" Lydia bana bir bardak beyaz şarap uzatırken sordu.

"Evet, aslında 30 Seconds to Mars benim favori grubum!" Kanepede yanıma otururken ona söylüyorum.

Oturup şarabımızı içip şarkıyı dinliyoruz.

Lydia bardağını masaya koydu ve benimkini de masaya koymak için benden aldı.

Masanın üzerindeki bazı mumları yakar.

Sonra dikkatini bana veriyor.

Ellerini omuzlarımda, kolumda ve tekrar omuzlarımda gezdirmeye başladı.

Sonra parmaklarını göğsüme getirip mor gömleğimin yakasında gezindi ve parmaklarının olduğu yeri öptü.

Aniden onu istediğimi anladım ve şu anda başka bir şey değil.

Çenesine uzanıp yüzünü benimkine yaklaştırdım.

Bir an derin mavi gözlerine baktım ve sonra ağzını benimkilerle kontrol ettim.

Tutkuyla güzel ağzını beceriyor.

Yavaşça çekerken ellerimi saçlarına doladım.

"Ahhhhh..." Lydia ağzımın içine inledi.

Lydia önce üstümü sonra da siyah sutyenimi çıkarmaya başladı.

Her meme ucunu üzerimde yalamak için duruyor.

Sonra pembe tişörtünü ve pembe dantelli sutyenini çıkardım.

Tanrı!

Gerçekten harika bir vücudu ve dolgun göğüsleri var.

En azından bir D kupası, belki de çift D olmalıdırlar.

Esnek göğüslerini ağzıma alıyorum ve meme ucunu emiyorum.

Kendini dışlanmış hissetmesin diye diğerini çimdikliyorum.

Ben onun göğüsleri üzerinde çalışırken, o kot pantolonunun düğmelerini açmaya başladı ve sonra benimkinin düğmelerini açtı.

Göğüslerini bıraktım ve Lydia beni kanepeye itti.

Nefesimi kesiyor, çok seksi görünüyor!

Bunun olduğuna inanamıyorum.

Onun için bu kadar güçlü hissettiğime inanamıyorum.

Lydia parmaklarını belime koyup pantolonumu indiriyor.

Ona yardım etmeye çalışıyorum, onları tekmelemeye çalışıyorum.

Sonunda onları çekiyor ve ayaklarımdan kurtuluyorlar.

Siyah tangam dışında tamamen çıplak bir şekilde kanepesinde uzanıyorum.

Ayağımı kaldırdı ve sol ayağımın parmak uçlarını emmeye başladı.

Sonra bacağımdan yukarı, uyluğumun iç kısmına kadar öpüyor.

Daha sonra sağ ayağımda ayak parmaklarımdan başlar ve bacağımdan iç uyluğuma doğru ilerler.

Yumuşak ve sıcak öpücükler tenimi ısıtıyor.

Eskisinden daha ağır nefes alıyorum.

Daha önce yaktığın hindistancevizi kokulu mumların kokusunu alabiliyorum.

Sahilin kokusuna bayılıyorum ve şimdi bana onun okyanus mavisi gözlerini hatırlatıyor.

Ona bakıyorum, o da bana dikkatle bakıyor, solgun tenimde bir öpücük izi bırakıyor.

Amcığıma geldiğinde önce dış dudağımın iki tarafını da yalıyor.

Sonra tangımı yana çekti ve dilini şişmiş klitorisimin üzerinde gezdirdi.

Tekrar tekrar yapıyor.

Daha hızlı ve daha hızlı gidiyor.

Sonra dilini iç dudaklarıma daldırıp yalamaya başladı.

Islak amımda zaten bulunan sıvıları alıyor.

Sonra tekrar klitorisimi emmeye başladı.

"Lydia'yı siktir et! Aman Tanrım, çok iyi hissettiriyor tatlım," dedim ona nefeslerimin arasında.

Uzanıp elimi saçlarına koydum ve boşta kalan elimle göğüslerimle oynadım.

Ama ellerimi tuttu ve iki yanıma koydu ve bir an bile kaçırmadan emmeye devam etti.

O baskın ve acımasız ve bu beni daha da tahrik ediyor.

Emmeye devam ediyor ve şimdi parmakları benim sırılsıklam ıslak amım üzerinde çalışıyor.

Orgazma düşmeden önce daha ne kadar dayanabilirim bilmiyorum.

"Aman Tanrım!" Vücudum titremeye başlayınca çığlık attım.

Ben onun zeki ağzının altında hareket ederken, Lydia ellerimi tutmaya çalışıyor.

"Tamam, bırak gitsin. Tutmayı bırak ve kurtuluşunu bul." Beni cesaretlendiriyor.

Onun sözleri duymam gereken şeylerdi ve bıraktım.

Ellerimi serbest bıraktı ve amımı yemeye devam ederken kıçımı tuttu.

Çok güçlü gelmeye başladım.

Vücudum sarsılıyordu.

Ecstasy dalgaları üzerimi yıkamaya başladı.

Gerçeklikten gittikçe daha da uzaklaşıyordum.

Hayatımda yaşadığım en inanılmaz orgazmı bitirene kadar.

BÖLÜM VII

Nefesimi tuttuğumda, Lydia beni vücudumdan öptü ve göğüslerime zaman ayırdı.

Sonra yukarı çıktı ve beni dudağımdan öpmeye devam etti.

Onun içinde meyve sularımın tadını alabiliyordum.

Kirazlı dudak parlatıcısıyla karışan tadı o kadar tatlıydı ki, onun üzerindeymiş gibi hissettim. Şimdi.

Birbirine karışan mumların kokusu beni yeniden heyecanlandırıyordu.

Onu tuttum ve altımda olması için döndüm.

Onu sertçe öptüm, ısırdım ve alt dudağını çektim.

Bu onu inletti.

Elini yüzüme koydu ve baş parmağıyla yanağımı ovuşturdu.

Çok tatlıydı ve beni gülümsetti.

Bir an birbirimizin gözlerine bakıyoruz.

Ben de kulağını öpmeye başladım.

Kulak memesini hafifçe ısırıyor ve emiyor.

Mırıldanmaya başlar.

Yaptığım şeyi sevdiği için çıkardığı sesi sevdim.

Hareket etmeye ve onu boynundan aşağı, köprücük kemiği boyunca ve göğsüne kadar öpmeye başladım.

Saçımla oynuyor.

Kocaman göğüslerinin arasını yaladım ve kokusunu bana yaptığı gibi içime çektim.

Sonra göbek deliğine kadar devam ediyorum.

İnanılmaz abs ile sıkı bir midesi var.

Göbeğini yaladım ve dilimi soktum.

Sonra güneye doğru ilerlemeye başlıyorum.

Kalçalarını ve ardından ıslak amına giden küçük iniş pistini öpüyorum .

Derin bir nefes alıyorum ve çok güzel kokuyor.

Ben bu kadının amcığını ilk yaladığımda mırıltısı daha da yükseliyor.

Şeftali gibi tatlıydı.

Zevk alıp almadığını görmek için yukarı baktım ve gözleri kapalıydı, ağzı açıktı ve nefes aldığını fark ettim.

Zevk alıyor gibi görünüyor.

Dilimle amını yalamaya ve keşfetmeye devam ediyorum.

Onun klitorisini buldum ve dilimi hızlıca üzerine vurdum ve sonra onu emmeye başladım.

Devam etmem için işaret ederken Lydia'nın elleri hemen başıma gitti.

Bu yüzden klitorisini emmeye devam ediyorum.

Sonra parmağımı amına kaydırdım.

Çok sıkı.

Daha önce hiç bir erkekle birlikte oldu mu diye düşünmeden edemiyorum.

Onu biraz gevşetene kadar amını çalıştırıyorum, sonra başka bir parmağımı içeri kaydırıyorum.

Parmaklarımla onu becerirken klitorisini emmeye ve yalamaya devam ediyorum.

Sonra baş parmağımı sıkı kıç deliğine soktum ve ovmaya başladım.

Bu bir süre devam ediyor ve onun titrediğini hissetmeye başlıyorum.

Yakın olduğunu biliyorum, bu yüzden parmaklarımı sıkı kedisine daha hızlı sokup çıkarmaya başladım.

Klitorisini daha sert emiyor ve kıçını daha hızlı ovuyorum.

Başımı daha sıkı kavradı ve sertleştikçe pelvisine doğru itmeye başladı.

Suları ondan sızmaya başlıyor ve alabildiğim kadarını ağzıma alıyorum.

Orgazmından aşağı inmeye başladı, bu yüzden kıvranmaya başladığında vücudunu hafifçe okşadım.

Bun durdum.

Elimi kaldırıp öpüyorum.

"Bu harikaydı Lydia! Böyle gelişini izlemeye bayılıyordum!" söyledim.

"Kadınlara ilgi duymadığına emin misin? Kesin olan şu ki, o ağzını nasıl kullanacağını biliyorsun!" Bana sordu.

"Hayır, ilgilenmedim. Ama umarım son yaptığım da olmaz!" Suları ile birlikte yüzümde alaycı bir gülümsemeyle ona söylüyorum.

"Umarım öyle değildir. Bunu bana birçok kez yapmanı istiyorum!" dedi Lydia memnun bir gülümsemeyle.

SON